KB078348

그레이트 원

FUSION FANTASTIC STORY

천중화 장편 소설

Great one

그레이트 원 2

천중화 장편 소설

초판 1쇄 찍은 날 § 2014년 3월 26일
초판 1쇄 펴낸 날 § 2014년 4월 2일

지은이 § 천중화
펴낸이 § 서경석

편집부장 § 권태완
편집책임 § 박은정

펴낸곳 § 도서출판 청어람
등록번호 § 제387-1999-000006호
등록일자 § 1999. 5. 31
어람번호 § 제1-1819호

주소 § 경기도 부천시 원미구 부일로 483번길 40 서경B/D 3F (우) 420-822
전화 § 032-656-4452팩스 § 032-656-4453
http://www.chungeoram.com
E-mail § chungeorambook@daum.net

ISBN 979-11-5681-957-8 04810
ISBN 979-11-5681-955-4 (세트)

그레이트 원

FUSION FANTASTIC STORY

천중화 장편 소설

2

Great one

도서출판 청어람

CONTENTS

제1장 악마   7

제2장 인간의 소리에 관한 한 이 녀석이 법이다 45

제3장 가수와 마수   85

제4장 빌보드 차트의 여왕   115

제5장 지구인과는 격이 다른 슈퍼스타   149

제6장 천재들의 경연   187

제7장 대통령 후보   227

제8장 국민박사   261

그레이트 원

Great one

1장

악마

휘휘휙!

채나가 스노우를 안은 채 한 손으로 자동차 키를 돌리며 휘파람을 불면서 지하 주차장을 걸어갔다.

"도대체 노래 세 곡 부르는데 몇 시간이 걸린 거야? 짜증나! 그래도 기분 너무너무 좋다, 스노우야!"

쪽!

채나가 스노우에게 뽀뽀를 했다.

스노우도 기분이 좋은 듯 채나의 얼굴을 핥았다.

"헤헤헤! 이제 고국에 온 실감이 나네! 아무도 노란 원숭이니 눈이 째졌느니 하면서 비웃지 않잖아? 노래 잘한다고 칭찬들 해주시고……"

채나는 미국에서 사격 경기를 할 때면 늘 우리 속에 갇힌 동물 같은, 구경거리가 된 기분이었다.

관중은 마치 자신을 신기한 원숭이나 외계인처럼 쳐다봤다. 심판들은 동물을 감시하고 감독하는 조련사처럼 행동했고.

한데, 한국에 와서 방금 우스타 무대에서 노래할 때는 친구들하고 운동회 때 달리기 경주를 하는 기분이었다.

심사위원들은 혹시 다칠까 봐 지켜봐 주는 선생님들 같았고!

바로 미국과 한국, 타국과 모국의 차이었다.

콱!

채나가 허공으로 주먹을 날렸다.

"좋아! 금요일 날은 확실히 죽여주지! 아직 컨디션이……."

그때 뒤에서 텁텁한 음성이 들렸다.

"어이구! 그만 죽여줘요. 오늘도 세 번씩이나 죽다 살아났어요!"

뽀글뽀글한 라면 머리에 주근깨가 송송 난 껑다리 처녀, 한국방송사 KBC의 코미디 프로, 개그가 판을 치는 세상, 이른바 개판에 출연하는 개그우먼 연필신이 성큼성큼 쫓아왔다.

"……?"

"저기 채나 씨! 진짜 궁금한 게 있어요!"

연필신이 채나에게 다가와 정색하고 입을 열었다.

"뭔데요?"

"뭘 먹으면 그렇게 노래를 잘해요? 난 정말 지금까지 댁처럼 노래를 잘하는 사람은 처음 봤어요. 한순간에 머리가 텅 비면서 소름이 쫙 끼치는데, 하마터면 나도 병원에 실려 갈 뻔했다고요! 완전 감동! 감동의 도가니였어요!"

"헤헤헤! 원래 오늘보다 조금 나아요. 시차 적응이 덜 돼서 그런지 목소리가 무거워요."

채나가 너무 기분이 좋아서 일면식도 없는 연필신에게 자신의 몸 상태까지 친절하게 설명했다.

"시차? 어디서 왔어요? 미국, 일본, 캐나다?"

"미국요!"

"으응! 재미교포였구나. 그래서 반말이 튀어나오구……."

"이해하세요. 원래 기분에 따라 말투가 막 바뀌어요. 근데 언니 이름은 뭐죠?"

"죄송 죄송! 난 개그우먼 필신이에요. 연필신! 여기 PD님이 잠깐 보자고 해서 왔어요. 여기 개그 프로가 나랑 콘셉트가 맞아서요."

연필신이 자기소개를 했다.

"헤! 그래요? 연필신? 이름 엄청 예쁘다. 언니 예명인가요?"

채나가 기분이 무척이나 좋은 듯 평소와는 다르게 열심히 대화를 이어갔다.

"아아뇨! 본명이랍니다. 우리 할아버지께서 무조건 이긴다는 필승의 신념으로 세상을 살아가라고 필신이라고 지어줬어요"

"필승의 신념? 할아버님이 군인이셨나 보네요?"

"와우! 넌 똑똑하다. 서울대 나왔어요?"

"NO! 난 UCLA 출신이에요. 연극영화과!"

"후와아! 자꾸 나랑 비슷한 점이 나오네? 난 고려대학교 연극 동아리 KORI—꼬리—에서 활동했어요. 동아리 회장도 하고 잘나갔죠. 지금은 그저 그런 개그우먼이지만!"

연필신이 말을 하면서 뱁새눈을 뜨고 힐끔힐끔 채나를 살폈다.

"그, 근데 쫌 죄송한 말인데 정말 대학교 졸업한 거 맞아요? 혹시 중학교 졸업한 고딩 아니에요? 얼굴이 너무 어려 보여서……."

연필신이 의심의 눈초리로 채나를 흘어봤다.

쿵!

채나의 코에서 뜨거운 김이 쏟아졌다.

"여보세요, 언니! 나 스물셋이거든, 스물셋?"

"스, 스물셋요? 진짜 노래도 노래지만 얼굴도 불가사의다. 신기해! 많아야 열대여섯쯤 먹은 예쁜 남자애로 보이는데?"

연필신이 얼떨결에 채나의 금기, 예쁜 남자애라는 말을 흘렸다.

"짜증나! 지금 시비 거는 거야? 나 남자 아냐. 분명히 여자라고! 나이 좀 많다고 막말하는 거야? 언니!"

아니나 다를까, 채나의 본성이 튀어나왔다.

"여보세요! 시비는 댁이 거시는 거 아닌가요? 자꾸 언니 언니 하지 마세요. 나 언니 아니거든요. 나도 스물세 살이에요.

79년생!"

연필신의 주근깨들이 총알이 되어 채나에게 날아갔다.

"켁!"

채나가 비명을 터뜨리며 두 눈을 똥그랗게 뜨고 연필신을 쳐다봤다.

"우, 우씨? 마, 말도 안 돼! 삼십대 초반의 아줌만 줄 알았는데?"

"흑흑흑! 채나 씨 각오하고 있어요!"

연필신이 고개를 숙인 채 코믹한 표정으로 우는 척했다.

"조만간에 내용증명 날아갈 거예요. 명예훼손죄로 고소당했다고! 자기가 절대동안이라고 해서 남을 그렇게 노인네 취급하면 안 되죠."

"우헤헤헤헤……."

채나가 마구 웃어댔다.

"좋아! 비긴 걸로 하고 이제부터 친구하자. 연필심!"

"오키! 그런데 채나야. 발음 좀 잘해. 어떻게 시작부터 틀리냐? 내 동생 이름이 필심이야, 나는 필신이구!"

"헤헤! 필신, 필심, 남동생 필통! 연필신, 연필심, 연필통……."

채나가 재미있다는 듯 계속해서 연필신 형제들의 이름을 불러댔다.

"하아! 또 이렇게 필승의 신념으로 세상을 살아가야 하는 내 이름이 첫 만남을 가진 친구한테 놀림부터 당하는구나. 아주

옛날부터 그래왔던 것처럼!'

연필신이 연극 동아리 출신답게 신파극을 했다.

"헤헤헤! 놀리는 건 아냐. 재미있어서 그래."

"그게 그거지, 이 원수야!'

연필신이 빽 소리쳤다.

십대 미소년과 삼십대 아줌마가 만난 지 십 분 만에 친구가 됐다. 대한방송사 DBS 지하주차장에서!

그리고 나는 얼마 지나지 않아서 알았다.

내 인생에 있어서 가장 잘한 일이 이때 채나를 만나 친구가 됐다는 것!

내가 늘 사랑했고 지금도 사랑하는 친구……. 김채나!

그 친구가 나를 대한민국 정부의 문화부 장관으로 만들었다.

아주 먼 훗날 이야기!

"아후후후! 하루 종일 시달렸더니 배고프다. 필심… 필신아! 밥 먹으러 가자. 나 먼저 갈 테니까 네 차 타고 따라와!"

채나가 손을 흔들며 몸을 돌렸다.

"쯧! 유머치곤 슬프다. 삼류 개그우먼이 무슨 차야?"

"그럼 운전은? 운전은 할 줄 알지?"

"당근이죠! 저두 연예인데요. 미래를 대비해서 일찌감치 면허를 따뒀답니다. 그것도 1종 보통으로 스틱 오토 다 가능하니다. 히히히……."

툭! 채나가 자동차 키를 연필신에게 던졌다.

"잘됐다! 쩌어기 좀 특이하게 생긴 애 있지? 내 차거든! 끌고
와. 난 한국에 온 지 얼마 안 돼서 길을 잘 모르니까 운전을 못
하겠더라고."

채나가 주차장 저편의 SUV형 승용차를 가리켰다.

"우와! 저건 영국차 렌지로버 같은데? 방탄까지 된다는 그
차 맞지?!"

연필신이 채나 자동차를 바라보며 감탄사를 토했다.

'저 SUV형 차는 2002년형 최신형 수입차로 1억이 넘는 아
주 먹음직한 놈인데. 그걸 엊그제 미국에서 들어온 무명 가수
가 끌고 다녀? 귀티가 줄줄 흐르더니 역시 집안이 빵빵하구
나.'

연필신은 이렇게 생각했다.

"헤헤! 우리 오빠가 사 준거야. 채나 앤!"

"우, 우리 오빠? 형이 아니고?"

"이씨~ 필신아! 너 또 시작할래?"

"히히히! 쏘리 쏘리! 내가 또 착각했네. 네가 절대동안이라
그런가 봐. 어떡하니? 네가 자꾸 예쁜 남자애처럼 보여!"

"아후, 짱나! 미국에서나 한국에서나……. 이게 다 짱 할아
버지 때문이야."

"……?"

이때까지만 해도 연필신은 채나의 말을 알아듣지 못했다.

시간이 좀 흘러서야 짱 할아버지가 채나에게 선도라는 무술을 가르친 사부님이고 그 무술을 여성이 익히면 남성호르몬이 많이 분비돼서 외모에서 남성 같은 분위기가 풍긴다고 했다.

덕분에 여자로서도 귀여운 용모의 채나에게 남성 호르몬이 양념처럼 첨가되어 아주 신비한 유니섹스의 매력이 풍겼던 것이다.

그 매력은 꼭 한 시간 뒤 구로동 시장에서 증명되었다.

끼익!

연필신이 구로 주공 아파트 단지 주차장에 차를 세웠다.

"내려, 채나야!"

"다 온 거야?"

"응! 여기가 그 유명한 고품격 개그우먼 연필신님이 사시는 구로 주공 아파트란다. 마이 하우스는 103동 501호야."

"우리 집보다 훨씬 넓다."

"히히히! 그래?"

연필신은 서울특별시 구로구 구로1동에 있는 13평짜리 950세대로 이루어진 전형적인 서민 아파트 단지에서 살았다.

채나는 지금까지 이렇게 다닥다닥 붙어 있는 아파트 단지를 본 적이 없었다.

미국 내에서 채나가 살던 곳은 개인 주택들로 이루어진 부유한 거리였고, 아파트를 봤다고는 해도 우리나라와 달리 미국 내에서는 고층아파트가 그렇게 많지 않았다.

그렇다 보니 채나는 자신도 모르게, 당연히 이 아파트 단지 전부가 연필신네 집으로 착각했다.

"자아! 이제 시장에 들러 꼬끼오를 사서 채나가 먹고 싶다는 닭볶음탕을 만들어 볼까?"

"헤! 기대된다."

누구나 세상을 살다 보면 운명처럼 만나는 사람이 있다.

친구가 됐든 연인이 됐든!

연필신과 채나도 그랬다.

사실 연필신은 방송사 공개홀에서 채나를 처음 목격했을 때 아주 오래전에 헤어진 친구를 다시 만난 느낌이었다.

그래서 지하 주차장까지 따라갔던 것이고 또 이렇게 친구가 됐다.

어째서 그런지는 모르지만 연필신은 배고프다는 채나에게 자신이 직접 해먹여야 될 것 같은 모성 본능이 들었다.

그래서 채나를 서슴없이 자신의 집까지 데려왔고 채나도 또 그게 좋아 쫄랑쫄랑 쫓아왔던 것이다.

첫눈에 반하는 것도 하나의 연이라고 한다면 그들은 이미 전생부터 엮여 있던 인연이었다.

연필신이 정말 아무 생각 없이 채나를 데리고 시장으로 들어섰다.

힐끔힐끔!

'화아! 넘 예쁘다. 넘 귀여워!'

'아후! 꽉 깨물어주고 싶어!'

수근수근…….

'저 언니, 틀림없이 연예인이야.'

'언니? 아냐, 바보야. 아무리 봐도 오빠잖아!'

연필신과 채나가 구로동 영일 시장 입구에 들어설 때부터, 아니, 아파트 단지를 걸어 나올 때부터 사람들이 채나를 쳐다보며 수군대기 시작했다.

하지만 연필신과 채나는 이에 대해 별다른 인지가 없었다.

채나는 막 데뷔한 신인가수고 연필신은 간신히 생활비 정도 버는 삼류 개그우먼이었기에 인기 연예인의 삶이 어떤지를 모르고 있었다.

"아줌마! 감자 이천 원어치만 주세요."

연필신이 야채가게 앞에서 주인아줌마에게 씩씩하게 말했다.

"호호! 연예인 맞죠? 감자 많이 드릴게요. 다음에 오시면 꼭 사인 좀 해주세요!"

"아……. 네네!"

연필신의 입이 귀에 걸렸다.

그동안 시장을 수없이 드나들었지만 한 번도 자신을 알아보는 사람이 없었다. 근데 오늘 자신을 알아봐 주는 아줌마가 있었다.

그것도 채나 앞에서!

'〈개판〉이 괜찮은가 봐! 알아봐 주시는 분도 있…….'

"어느 방송사에 나가요? KBC? DBS?"

주인아줌마가 큼직한 감자 보따리를 채나에게 안겨주며 사근사근하게 물어봤다.

파파팍!

연필신의 얼굴에 붙어 있던 주근깨들이 일제히 튀어나왔다.

'흥! 그럼 그렇지? 이 고품격 개그우먼이 아니라 저품격 아이돌 가수 때문이셨군!'

교복을 입은 여학생 두 명이 조심스럽게 채나에게 다가왔다.

"저기… 오……."

"오빠!"

연필신이 퉁명스럽게 대답했다.

"탤런트예요, 가수예요? 오빠!"

"가수!"

연필신이 또 채나 대신 대답했다.

"까얏! 카이저예요? 블랙홀이에요?"

"카이저! 이번에 이천 대 일의 오디션을 뚫고 합류한 주인공!"

연필신이 내던진 한마디가 채나를 유명한 아이돌 가수로 둔갑시켰다.

"까야야악! 얘들아! 카이저 오빠래?"

"봐봐봐봐……. 내 말 맞잖아! 카이저 오빠야!"

"어머머머! 진짜진짜 카이저 오빠야!"

연필신의 말이 채 끝나기도 전에 시장 저편에서 십여 명의 여학생이 비명을 지르며 채나에게 달려왔다.

"부럽다! 척 걸어만 가도 연예인인 줄 아는구나. 여학생들이 잘나가는 아이돌 가수로 착각을 할 정도로 찬란한 외모를 가졌으니 뭐! 난 뭐야?"

이런 풍경에 연필신은 툴툴거리며 그저 불평을 늘어놓을 수밖에. 그런 상황에서 날카로운 목소리가 연필신에게 향했다.

"아줌마! 왜 대답을 안 해? 고구마 한 관에 얼마냐고 물었잖아?"

살쾡이처럼 생긴 아줌마가 연필신에게 다가오며 목청을 높인 것이다.

"할머니! 저 고구마 장사 아니거든요? 감자 장사라고요!"

연필신이 빽 소리쳤다. 누구는 아이돌 취급을 받고 있는데 자신은 고작 아줌마 취급이라니.

"아, 아니, 고구마나 감자나? 게다가 나… 할머니 아닌데?"

"흥! 환갑 넘으셨는데 뭘!"

연필신이 사십대 아줌마를 무섭게 째리며 돌아섰다.

척척척!

연필신이 씩씩하게 여학생들에게 다가가 채나를 어린아이처럼 번쩍 들어 올렸다.

"가자!"

연필신이 채나를 안고 씩씩하게 시장을 걸어 나갔다.

헉헉헉!

연필신이 짐을 잔뜩 든 채 아파트 계단을 힘들게 올라갔다.

"야, 채나! 너 정말 하나도 안 들어줄 거야?"

"나를 놀린 벌이야!"

"치이! 넌 그래도 고구마 장사 취급은 받지 않았잖아?"

"헤에! 누가 너 보고 고구마 장사래?"

"그 야채가게에서 살쾡이처럼 생긴 할매가……. 아휴! 재수 없어. 아니, 이렇게 예쁜 고구마 장사 봤대?"

"우헤헤헤! 천벌을 받았구나. 짐 이리 줘!"

채나가 체격과는 전혀 어울리지 않게 연필신이 들고 끙끙대던 짐 보따리를 가볍게 들고 계단을 올라갔다.

'푸하! 쟨 정말 신기한 게 너무 많아. 어떻게 저 가냘픈 몸에서 저런 무지막지한 힘이 나오지?'

연필신이 자신의 키만 한 짐을 들고 가볍게 계단을 올라가는 채나를 보며 고개를 저었다.

채나는 초등학교 3학년 때 이미 50㎏짜리 배낭을 메고 미국에 있는 애팔래치아 산맥을 횡단했다. 선문의 대종사가 이겨 내야 하는 훈련 과정 중 하나였다.

진짜 신기한 일은 오 분 뒤에 벌어졌다.

띵똥!

그렇게 짐을 들고 연필신의 집 앞에 도착하였을 때 연필신이 초인종을 눌렀다.

"누구세요?"

"응! 나야."

아파트 안에서 맑은 음성이 들리고 연필신이 경쾌하게 대답했다.

"……?!"

아파트 대문이 열렸을 때 채나가 눈을 동그랗게 떴다.

초인종을 누른 사람도 문을 열어준 사람도 모두 연필신과 똑같은 모습을 하고 있었기 때문이다.

"히히히! 인사해. 내 삼십 분 동생… 연필심이야. 아까 이야기했지?"

"사, 삼십 분 동생?? 우헤헤헤헤헤!"

삼십 분 동생이라는 말에 채나는 삼십 분이 지나도록 계속해서 웃어댔다.

채나는 난생처음 쌍둥이를 만났다. 그것도 자신이 한국에 와서 처음 사귄 친구가 쌍둥이였다니. 너무너무 신기하기만 한 채나였다.

적지 않은 사람들이 이런 경험을 한다.

아주 친한 친구 집에 놀러가서 친구가 쌍둥이라는 것을 처음 알고 그 형제자매를 만났을 때 느끼는 황당함이란……

"헤헤헤……. 정말 재미있다!"

채나가 밥상 앞에 마주 앉아 있는 연필심과 주방에서 닭볶음탕을 만드는 연필신을 교대로 쳐다보며 웃어댔다.

"진짜 신기해. 어떻게 주근깨 난 것까지 똑같지? 헤헤헤헤!"

채나가 또 웃기 시작했다.

"안 되겠다, 필심아! 채나 저러다가 횡격막 결려 죽겠다. 안경 써라!"

연필신이 소리치자 연필심이 얼른 안경을 썼다.

"필심이가 훨 낫네! 지적이고. 안경을 쓰니까 알겠어."

톡톡!

안경을 쓰고 인상이 변한 연필심을 보곤 채나가 장난스럽게 필심의 볼을 건드리며 이렇게 말했다.

"후! 언니 그 얘기 들으면 화내는데?"

연필심이 얼굴을 붉히며 조심스럽게 말했다.

"됐어! 어릴 때부터 지겹게 들어서 화날 기운도 없다 뭐! 닥치고 꼬끼오나 먹자!"

연필신이 김이 무럭무럭 나는 큰 냄비를 상 위에 내려놨다.

"맛있겠다!"

"언니가 채나 언니 왔다고 꽤 솜씨를 발휘했네."

"맛이 있느니 마느니 따지는 놈은 그냥 죽음이야. 이거 만드느라고 나 배터리 완전 방전됐어!"

"헤헤헤!"

채나와 연필신 자매가 둘러앉아 맛있게 닭볶음탕을 먹었다.

"이렇게 가까이서 보니까 더 닮았네!"

채나가 닭다리를 뜯으며 또다시 연필신 자매를 교대로 쳐다봤다.

"히히히! 사실 무늬만 쌍둥이야."

연필신이 웃으면서 손을 저었다.

"얜 나하고 너무 틀려! 성격도 내성적이고 공부도 애가 훨 잘했어. 몸이 골골해서 학교를 이 년이나 쉬었지만 우리 학교 수석으로 입학한 수재야. 현재 고려대학교 법대 삼 학년. 열심히 고시 준비하는 공부벌레!"

연필신이 채나에게 닭복음탕을 덜어주며 쌍둥이 동생 연필심을 소개했다.

"피곤한 스타일이구나."

채나가 얼굴을 찌푸렸다.

"난 공부 잘하고 머리 좋은 사람들은 별로야. 울 엄마 오빠 두 사람 다 유명한 닥턴데 짜증나! 자꾸 잔소리만 하고."

"그렇지! 역시 연필신 친구다운 사고야."

메롱!

연필신이 연필심에게 혀를 쏙 내밀었다.

"후우! 채나 언니가 오니까 이제야 우리 언니가 연예인이라는 게 실감나."

머리 좋은 쌍둥이 동생 연필심이 반격을 시작했다.

"너 필심! 말 잘해라. 아차하면 이번 달 용돈 전선에 문제 생겨."

연필신이 돈으로 연필심을 협박했다.

"그동안 언니 친구들 보면 하나같이 고구마처럼 생겨서……."

"헉! 너, 너도 고구마냐?"

연필신이 마른 비명을 터뜨렸다.

"우헤헤헤헤! 채나 오늘 웃다가 죽겠다. 완전 고구마 밭이야!"

채나가 자지러졌다.

"사실이잖아? 무기 오빠도 그렇고, 형옥이 언니도 그렇고, 울퉁불퉁! 무슨 연예인들이 어휴……."

"야야! 그 사람들은 다 나 같은 개그맨이야! 탤런트나 영화배우가 아니라고!"

"그래서 하는 말이야. 채나 언니같이 예쁜 연예인들도 좀 데려와. 동네 아줌마들은 연예인이면 무조건 예쁘고 잘생긴 줄 안다고!"

"음! 갑자기 반성된다."

"난 갑자기 머리 좋은 사람들이 좋아지려고 한다."

연필신이 샐쭉하자 채나가 벌떡 일어섰다.

"우리 집으로 이차 가자. 내가 필심이 삼십 분 언니 된 기념으로 동대문 원조 곱창전골 쏜다. 삼차 노래방까지!"

"또, 또 먹어??"

쌍둥이 자매 눈이 커졌다.

"뭔 소리야? 지금 누가 뭘 먹었어?"

이때까지만 해도 나나 필심이는 진짜 채나가 농담하는 줄 알았다.

닭 두 마리를 사서 필통이 줄 거 반 마리 남겨놓고 한 마리 반을 셋이 먹었다.

골골이 필심이가 깨작깨작 몇 점 먹고 내가 간신히 반 마리쯤 먹었다.

나머지는?

또 이때까지만 해도 나는 채나네 집이 동대문에 있는 작은 빌라쯤 되는 줄 알았다.

반 지하?

채나가 아까 우리 집보다 작다고 했으니까!

이렇게 〈채나빌〉이라는 이름이 멋지게 각인돼 있고 붉은색이 은은히 풍기는 화려한 대리석으로 마감된 5층 건물일 줄은 꿈에도 상상하지 못했다.

괜히 열 받아서 필심이를 끌고 벌써 세 번째 건물 주위를 돌아봤지만 진짜 고급스럽게 건축된 건물이었다.

1층은 한의원과 약국, 2층은 내과와 소아과, 3층은 치과가 자리 잡고 있었고 4층과 5층, 옥상까지는 채나 혼자 사용했다.

아니, 엄청나게 귀여운 고양이 스노우하고 둘이!

아아, 어쩌랴? 이 자본주의의 비극을.

누구는 건축한 지 이십 년쯤 된 13평짜리 주공 아파트에서 세 식구가 사는데 누구는 2백 평쯤 되는 건물에서 고양이 하고 둘이 살다니?

채나는 이 〈채나빌〉도 애인이 사줬는데 자기가 시장 구경하는 것을 너무 좋아해서 동대문 시장이 있는 이곳에 집을 사줬다고 입술이 터지도록 자랑했다.

듣는 사람은 귀가 부르트는 줄도 모르고!

또 굳이 상가 건물을 사준 것은 채나가 가수로서 실패를 하면, 상가에서 나오는 수입으로 먹고살라는 선견지명 때문이라고 자랑 아닌 자랑도 했다.

이 슬픈 자랑.

이 부분이 나는 제일 부러웠다.

천 명에 하나.

낙타가 바늘구멍 통과하기.

가수든 개그맨이든 탤런트든 연예인들이 스타가 될 확률이다.

〈채나빌〉 중문을 통과해 현관문을 열고 거실로 들어가면 미국 사격 대표선수 유니폼을 입고 수십 개의 금메달을 목에 건 채 공기소총을 든 채나의 대형 브로마이드 사진이 보인다.

하지만 나나 필심이는 채나 집 구경에 정신이 팔려서 브로마이드 사진 따위는 전혀 눈에 들어오지 않았다.

아마 채나가 영국에서 온 공주라고 해도 관심이 없었을 것이다.

그저 채나가 어떤 사격선수를 좋아하나 보다 정도?

세계적인 사격선수 채나 킴과 내 친구 김채나가 동일인물이라는 것은 그다음 날에야 알았다.

"후아! 이 소나무 향 너무 좋다. 인테리어가 장난이 아냐. 이거 진짜 통나무야?"

연필신이 직경 30센티 정도 되는 통나무를 가로로 쌓아 마감을 한 거실을 돌아보며 연신 감탄사를 뱉었다.

"웅! 캐나다산 붉은 소나무 더글라스 파야. 우리 오빠가……."

'앗! 또 우리 오빠 나왔다. 오빠 나오면 최하 십 분이야. 빨리 말을 돌리자.'

치치칙!

채나가 저편 주방에서 음식을 만들며 대답하자 연필신이 어깨를 으쓱했다.

"아이구! 여긴 슈즈룸인가 보다? 신발이 엄청 많네!"

연필신이 재빨리 신발이 잔뜩 진열된 방을 열며 말했다.

"헤헤! 그 신발 반은 우리 앤이……."

'앗! 또 우리 오빠의 동의어, 우리 앤이 나왔다. 빨리 말을 돌려야 돼!'

"세상에? 필신 언니. 오 층에 가봐! 영화 감상실에 노래 연습실까지 있어. 완전 럭셔리 하우스야!"

연필신이 말을 돌리기도 전에 쌍둥이 동생 연필심이 저편 계단에서 내려오면서 분위기를 바꿨다.

사층에는 침실 세 개와 거실, 응접실 식당과 드레스룸, 슈즈룸과 파우더실, 그리고 화장실 세 개가 있었고 오 층에는 노래 연습실과 서재, 영화감상실과 아담한 헬스장까지 자리 잡고 있었다.

채나네 집은 필심이가 말했듯 우리가 TV에서 자주 봤던 유명한 연예인들의 럭셔리 하우스!

누구나 한 번쯤 살아보고 싶은 바로 그런 집이었다.

반 지하가 아니고!

뭐, 이해는 된다. 채나가 무명 가수이긴 해도 연예인은 연예인이니까! 근데 무명 가수하고 무명 개그우먼하고 이렇게 차이가 나나?

250평 대 13평?

연필신은 그 차이에 경악할 수밖에 없었다.

"헤헤헤! 다 됐다. 필신아 필심아! 밥 먹어!"

채나가 식탁 위에 곱창전골을 비롯한 음식을 잔뜩 차려놓고 연필신 자매를 불렀다.

"아후! 아까 먹은 닭이 아직 울지도 않았는데?"

"근데 웬 냄새가 이렇게 좋지?"

연필신 자매가 식당으로 걸어왔다.

나랑 필심이는 채나가 만든 곱창전골을 먹어본 후 깜짝 놀랐다.

이걸 먹고 난 뒤 내 눈에 보인 채나는 얼마 전에 미국에서 건너온 사람이 아니었다.

우리나라에서 수십 년을 살면서 요리를 연구한 그런 사람으로 느껴졌다.

"엄청 맛있네."

"히히히! 이러다가 필신이 돼지 되겠다."

"헤헤! 돼지 되면 어때서? 개그를 몸매로 하나 뭐."

"맞아 언니. 근데 고구마는 얼굴로 파는 거야!"

“야! 연필심. 너 이번 달 용돈 50% 삭감이야.”

“헤헤헤! 히히히.”

쌍둥이 자매가 곱창전골을 먹으며 연신 감탄을 했고 채나가 헤벌쭉 웃었다. 채나가 동대문 시장에서 사온 곱창으로 만든 곱창전골 맛은 정말 장난이 아니었다.

토마토케첩까지 사용했는지 새콤달콤 매콤한 그 맛이 아주 일품이었다. 그 향도 일품이었고!

하지만 그 곱창 맛보다 더 일품인 것은 채나의 곱창 크기였다.

채나가 만든 동대문 원조 곱창전골은 내가 닭복음탕을 요리할 때 쓰던 큼직한 냄비보다 열 배쯤 더 큰 그릇에 담겨 있었다.

역시 내가 꽉꽉 눌러 겨우 한 대접 먹었고 골골이 필심이가 겨우 반 공기쯤 먹었다. 나머지는?

오물오물.

채나는 한 시간쯤에 걸쳐 아주 천천히 그 많은 양, 족히 십 인분은 넘을 듯한 곱창전골을 모조리 먹어치웠다.

후식으로 토마토 다섯 개와 사과 세 개 오렌지 한 개까지!

우리는 그저 입을 딱 벌린 채 구경만 했고…….

나는 채나의 무지막지한 식성을 목격한 뒤 두 가지를 깨달았다.

첫째, 식성과 목소리 크기는 비례한다 것.

둘째, 채나 애인이 시장 옆에 있는 집을 사준 것은 시장 구경 때문이 아니라 채나의 뱃속으로 들어갈 식재료를 다량으로 구해야 하기 때문이라는 것.

끄윽!

불가사의한 대식가가 트림을 하면서 한마디 했다.

"노래방 가자."

이후 골골이 필심이를 구로동에 떨궈주고 우리는 채나가 말한 광명시 지하에 있는 노래방으로 왔다.

유감스럽게도 이 노래방은 일반인은 입장 불가!

프로 뮤지션들만 들어갈 수 있는 노래방이었다.

광명시 동주 빌딩 지하에 있는 캔 프로모션 노래 연습실은 그 질만 따지자면 국내에서 몇째 가지 않는다.

앰프나 스피커 마이크 등 음향기기와 피아노 오르간 기타 드럼 등 악기들을 방송사에서 통째로 옮겨왔기 때문이다.

캔 프로 회장인 전 프로복싱 미들급 세계 챔피언인 강 관장이 대한방송사 DBS 예능본부 홍의천 본부장을 주먹으로 협박하다시피 해서 빼앗아 왔던 것이다.

작년만 해도 이 노래 연습실은 캔프로 소속으로 활동하고 있던 트로트 가수인 김일준과 이진아 등이 사용해 왔다.

김일준은 올 초에 부산 나이트클럽에 장기계약이 돼서 내려갔고 이진아는 몸이 좋지 않아 쉬고 있었다.

결국 이 멋진 노래 연습실 주인은 채나가 됐다.

채나가 넓은 연습실에서 운동선수가 경기에 들어가기 전 몸을 풀 듯 열심히 스트레칭을 했다.

이어 채나가 명상에 잠겼다.

노래 연습실 천장 위로 짱 할아버지 얼굴이 떠올랐다.

그때 짱 할아버지는 이렇게 이야기를 했었다.

"연주가들은 열심히 기타를 튜닝하고 피아노 등을 조율하면서 악기들을 꽤나 소중하게 다룬다. 한데 정작 가장 소중한 악기인 자신의 몸은 함부로 다룰 때가 있다. 이 얼마나 어리석은 행동이냐?"

넓은 실내에서 짱 할아버지가 인자한 미소를 머금고 가부좌를 튼 채 앉아 있는 열 살쯤 된 채나를 지켜봤다.

"악기가 사람을 조율하는 것이냐? 사람이 악기를 조율하는 것이지! 내 몸이 좋지 않으면 아무리 좋은 악기가 있어도 훌륭한 음악을 연주할 수 없다."

"……."

짱 할아버지가 뒷짐을 진 채 제자리걸음을 걸었다.

"노래하는 가수는 두말할 필요가 없다. 노래는 내 몸속의 흐르는 기에 혼을 실어 소리로 바꾸어 밖으로 내뿜는 것!"

"……!"

"아주 오랫동안 정성스럽게 몸을 조율해서 소중하게 사용해야 한다. 그래야 몸도 주인의 명을 따르는 법이다."

짱 할아버지가 한없이 인자한 얼굴로 채나의 머리를 쓰다듬었다.

"후우! 벌써 한 시간이 넘었어. 노래 몇 곡을 하는데 저렇게 열심히 스트레칭을 하고 명상까지 해야 하나? 확실히 쟤는 보통 뮤지션과는 많이 달라. 작은 행동조차도!"

연필신이 노래 연습실 밖에서 채나를 지켜보며 감탄을 금치 못했다.

툭툭!

솥뚜껑만 한 손이 연필신의 어깨를 가볍게 두드렸다.

"쟨 저렇게 시작하면 최하 다섯 시간이다. 해장국이나 한 그릇 때리고 오자!"

강 관장이 예의 질그릇 깨지는 목소리를 던졌다.

"히히…… 꽃무늬 남방! 캔 프로 강 회장님?"

연필신이 한눈에 강 관장을 알아봤다.

강 관장이 등록상표인 꽃무늬 남방에 남색 재킷을 걸치고 있었기 때문이다.

"내가 그렇게 유명했나? 별로 유명하지 않은 개그우먼 연필신이가 다 알 만큼!"

강 관장이 정말 오랜만에 괜찮은 조크를 날렸다.

"히히! 저도 명색이 연예인잖아요? 회장님은 기획사 대표시구."

"야! 회장님 회장님 하니까 소름 끼친다. 그냥 강 관장이라고 불러!"

"네예! 강 관장님, 처음 뵙겠습니다. 채나 친구 연필신예요!"

연필신이 최대한 예쁘게 인사를 했다.

"나가자!"

강 관장이 씩씩하게 걸어 나갔다.

"필신아! 너 금요일에 시간 있냐?

해장국 집에서 도착한 뒤 강 관장이 깍두기를 씹으며 말했다.

"그, 글쎄요?"

금요일 날, 일주일 중에서 가장 한가한 날이다.

하지만 스케줄이 없다고 하면 싼 티가 나니까 바쁜 척한다.

"음! 충분히 되겠구나. 개그가 판을 치는 세상 〈개판〉이 수요일 날 방영되니까 내일쯤 아이디어 회의하고 모레 리허설하구 녹화 뜨니까?"

'역시 연예기획사 대표시다. 완전 족집게야.'

연필신이 흠칫했다.

"네 수준에 주말도 아닌 금요일부터 행사를 뛸 리는 없고!"

강 관장이 직격탄을 날렸다.

"그래도 가끔은 있죠! 금요 산악회 같은……."

연필신이 최대한 반항을 했다. 하지만 강 관장 십팔번이 남의 말 무시하기 자기 말만 열심히 하기였다.

"너 채나랑 어느 정도 가깝냐?"

"히히! 죽기 전까지 친구 먹을 것 같은 불길한 예감이 뇌리를 때려요."

"좋아! 그럼 알바 좀 뛰어. 채나 로드 매니저 좀 맡아!"

"제, 제가요?"

"뭐, 죽기 어쩌고 친구라면서 그 정도도 못 도와주냐? 연필신이가 그 정도밖에 안 되는 연예인이었어?"

"아뇨, 하죠! 당연히 해줄 수 있죠. 매니저 아니라 보호자라도 해줄 수 있습니다. 의리에 죽고 의리에 사는 연필신 아닙니까?"

강 관장의 노련한 화술에 애송이 연필신은 간단하게 넘어갔다.

확실히 채나를 만나고 머리가 이상해졌어. 오늘 처음 만났는데 무슨 의리고 매니저야? 더구나 나는 매니저를 고용해야 하는 연예인이라고!

연필신이 지킨 의리는 곧 바로 돈으로 환산돼 돌아왔다.

암암! 사람은 의리를 무조건 지켜야 돼. 꼭 돈 때문은 아니구.

강 관장이 손가락을 튕기며 뭔가 열심히 계산을 했다.

촤촤착…….

강 관장이 지갑에서 백만 원권 수표를 꺼내 빠르게 셌다.

"자! 이천이다. 채나 〈우스타〉 끝날 때까지 써. 채나는 8라운드까지만 버티면 명예퇴진인가 뭔가 한다니까 앞으로 열다섯 번만 출연하면 되잖아? 넉넉할 거야."

이천? 강 관장님이 경기도 이천을 가자고 한 것은 절대 아니었다.

"코디하고 스타…… 그럴듯한 애들로 좀 붙여주고! 메이크업도 신경 좀 써줘. 자식이 워낙 쪽이 좋으니까 대강해도 괜찮겠지만 그래도 그게 아니거든. 연예인들의 얼굴은 돈이고 무기라구!"

현찰 2,000만 원! 지금까지 살아오면서 내가 만져 본 돈 중에 가장 큰 액수였다.

내 〈개판〉 한 회 출연료가 20만 원이었고 13평짜리 우리 아파트가 5,000만 원쯤 했으니까 2,000만 원이면 얼마나 큰돈인지 상상이 될 것이다.

그런 거액을 캔 프로 회장인 강 관장님은 처음 만난 내게 서슴없이 던져줬다. 계약 관련 종잇조각 한 장 받지 않고!

갑자기 끼리끼리 어울린다는 유유상종이란 한자 숙어가 떠올랐다.

채나와 강 관장님은 가수와 소속사 오너 사이였지만 보기 드물게 잘 어울리는 커플이란 생각이 들었다.

어쨌든 약 사 개월 동안 일주일에 한 번 일하고 받는 보수치고는 너무 너무 짭짤했다.

"히히! 관장님이 열다섯 번을 못 박는 걸 보니까 채나는 무조건 명퇴할 거라는 말씀이시네요?"

연필신이 이천만 원을 가슴속에 꽁꽁 동여맨 후 강 관장에게 물었다.

"너… 뭔가 착각하는 것 같다? 채나는 지금 〈우스타〉 경연에 참가하는 게 아냐!"

"무, 무슨 말씀이세요?"

"채나는 자신의 노래 실력과 재능을 광고하러 〈우스타〉에
나가는 거야. 임마! 내가 노래 잘한다고 TV에 나가서 나 노래
잘해요! 좀 알아주세요! 하고 소리 칠 수는 없잖아? 귀찮지만
모양을 만들어서 홍보도 하고 선전도 해야지!"

"……!"

"너두 오늘 채나 실력 봤지?

"네에!"

"흐흐흐! 세계 챔피언이 무슨 국내에서 어영부영하는 애들
하고 게임을 뛰어? 앞으로 어떤 가수든 노래로 채나를 이기려
고 한다면 그건 둘 중 하나야, 미친놈이거나 노래 신이거나!"

채나를 처음 〈우스타〉에 출연시켜 대한민국을 발칵 뒤집어
놓은 장본인인 캔 프로의 강동주 관장은 이렇게 딱 부러지게
말했다.

"노래로 채나를 이기려 한다면 그건 둘 중 하나다. 미친놈이거
나 노래 신이거나!"

'사람은 신이 아니니까 모두 미친놈이겠지!'
연필신은 또 이렇게 딱 부러지게 생각했다…….

　　　　*　　　　*　　　　*

〈우스타〉 책임PD 백치호 차장은 채나의 노래를 듣고 공황
장애를 보인 소 PD가 입원한 병원에 들러 음료수통으로 몇 대
쥐어박고 새벽 2시쯤 집으로 들어왔다.

따뜻한 물로 샤워를 한 후 아내가 깨지 않게 조용히 침대에
몸을 뉘었다.

'어이구! 창피해 명색이 예능 프로 PD라는 놈이 그래 노래
한 곡 듣고 공황장애로 쓰러져? 정작 쓰러질 놈은 나다 임마!
김밥 몇 줄 먹고 하루 종일 신경 쓰고 일했더니? 후우…….'

백 차장이 너무 피곤해서 자신도 모르게 골아 떨어졌다.

얼마나 잤을까?

갑자기 귓속으로 채나의 노래 소리가 들려와 잠에서 깼다.

"제목이 〈히어로〉라고 했지? 꽤 괜찮은 노래야."

백 차장이 몽유병 환자처럼 침실에서 거실로 나갔다.

"찬찬히 한 번 들어볼까?"

백 차장은 아까 퇴근할 때 오늘 녹화했던 채나의 〈히어로〉
등 노래 세 곡이 담긴 테이프를 가지고 들어왔다.

백 차장이 테이프를 넣고 VTR을 켰다.

아주 많이 사랑했죠. 밤새 얘길 나누고 새벽에 그 거리를 거
닐면서…….

화면에 채나가 등장해 노래를 불렀다.

백 차장이 몽롱한 표정으로 화면을 쳐다봤다.

"후유! 무슨 목소리가 저렇지? 목소리에 빈틈이 없어. 다른 가수들과는 아예 차원이 달라! 한 번 더 들어 볼까?"

백 차장이 다시 VTR을 리와인드시켰다.

아주 많이 사랑했어요.

채나가 다시 화면에 나와서 노래를 했다.

"좋은데? 확실히 좋아! 한번만 더 들어보자구."

백 차장이 계속해서 VTR 화면을 리와인드시켰다.

"여보! 언제 들어왔어요? 피곤할 텐데 이 새벽에 무슨 영화를 봐요?"

백 차장의 아내인 현경숙이 눈을 비비며 거실로 나왔다.

"여보……. 당신 왜 그래요? 여보! 여보!"

현경숙이 눈에서 금방이라도 핏물이 쏟아질 듯 눈동자가 시뻘겋게 변한 백 차장을 바라보면서 소리쳤다.

"겨, 경찰에 연락해! 괴, 괴물이 나타났다구! 아니, 아니, 병원에 연락해! 도저히 눈을 뗄 수가 없어."

"네네! 여보!"

현경숙이 부리나케 병원에 전화를 했다.

소 PD가 입원한 바로 그 병원이었다.

*　　*　　*

　작가가 꿈인 조소영은 중앙대학교 문예창작학과를 졸업한 뒤 대한방송사 DBS에 입사해 〈우스타〉의 구성작가가 됐다.

　구성작가로 활동하면서 짬짬이 드라마 시나리오를 썼는데 반응이 제법 괜찮았다.

　탈고가 되면 무조건 친분 있는 PD들에게 매달릴 판이다.

　괜히 DBS에 들어와 별 볼일 없는 구성작가를 하면서 PD들과 친해졌겠는가?

　다 이럴 때 써먹으려고 그랬던 것이다.

　오늘은 〈우스타〉 이차 오디션 날이라서 구성 작가가 필요 없는 날이었지만 그래도 눈도장이나마 찍으려 이른 아침부터 방송사로 출근을 했다.

　열 시쯤이었나?

　방송사 로비에서 만난 가수 한 사람을 보고 정말 심장이 튀어나오는 줄 알았다.

　순정만화에서 나오는 그 긴 생머리에 눈이 조금 크고 호리호리하고 작은 인형처럼 생긴 예쁜 미소년!

　그 미소년을 정면으로 마주쳤다.

　하마터면 조소영은 잽싸게 쫓아가 저랑 사귀어 주실래요 하고 외칠 뻔했다. 조소영이 사춘기 때 꿈꿔왔던 이상형의 남자였기 때문이었다.

　잠시 후에 알게 된 미소년의 정체?

미국에서 살다 온 김채나라는 여자 가수였다.

'에효효효! 허무 개그도 이런 허무 개그가 있나? 여자가 여자에게 반하다니……. 나 정체성에 문제 있는 거 아냐?

그런데, 정말 어떻게 이런 일이 있을 수 있지?

조소영은 다시 한 번 자신의 정체성을 의심하지 않을 수 없었다.

이 여자 가수는 가끔 조소영이 재미 삼아 그려왔던 그런, 완벽한 가수였다.

인간의 몸에서 나오는 소리라고는 도저히 상상할 수 없는 미친 가창력에 유니섹스한 보이스 톤, 너무나 자연스러운 리듬감, 기계 움직임 같은 춤, 거기에 예쁜 인형 같은 얼굴까지!

방송사 예능본부의 구성작가로 일한 지도 벌써 오 년이 넘었지만 이런 가수는 한 번도 본 적도 들은 적도 없었다.

자신이 좋아하던 가수 신영훈이나 원일은 이 가수에 비교하니까 〈뽕3〉에 나오는 징그러운 머슴이었다.

정말 숨소리까지 전율이 흘렀고 눈짓 하나까지 소름이 끼쳤다.

사춘기 여학생도 아니고 내일모레 삼십인 여자가 미쳐도 단단히 미쳤다.

조소영은 백 차장을 졸라 채나가 오늘 부른 노래가 녹화된 테이프를 얻어서 부랴부랴 일산의 자취집으로 퇴근했다.

밤 새워 김채나의 매력에 푹 빠져볼 판이었다.

진짜 푹 빠졌다. 정말 밤을 꼬빡 새웠다.

듣고 또 듣고 보고 또 보고 컵 라면을 세 개씩이나 끓여 먹으면서 채나의 노래를 듣고 봤다.

새벽 다섯 시까지 수십 번을 듣고 봤는데도 감동과 전율의 연속이었다.

아무리 맛있는 음식도 여러 번 먹으면 물린다 하고 아무리 괜찮은 노래도 서너 번 들으면 심심하다고 했는데…….

김채나의 노래는 그렇지 않았다.

〈히어로〉, 〈빌리 진〉, 〈짝사랑〉 이 세 곡을 들으면 들을수록 점점 더 듣고 싶어 졌다. 어떻게 제어가 안 됐다.

계속해서 듣고 또 들어도 욕망이 채워지지 않았다.

새벽 여섯 시에 소 PD가 입원한 병원 응급실로 실려가면서 조소영은 결론을 내렸다.

김채나는 악마(樂魔)다!

사실, 아무에게도 말하지 않았지만 전태권 PD의 이상형은 채나 같은 아가씨였다.

자그마한 키에 귀엽게 생긴 얼굴. 약간 맹한 여자.

물론 채나처럼 노래까지 잘 부르면 금상첨화겠지만 그건 말 그대로 이상형이었다.

전 PD는 집에 있는 VTR이 헤드가 두 개밖에 없는 싸구려라서 어쩔 수 없이 채나가 노래하는 장면이 녹화된 테이프를 들고 단골 비디오방으로 갔다.

비디오방 주인이 전 PD를 보면서 사악하게 웃었다.

엊그제 바로 이곳에서 주인이 권하는 최신 포르노 테이프를 봤을 때는 딱 세 번 보고서 〈이소룡〉이 주연한 〈정무문〉으로 바꿔 달라고 했다.

한데, 채나가 노래 부르는 장면이 담긴 이 테이프는 테이프가 씹힐 정도로 봤는데도 질리지 않았다. 아니, 질리기는커녕 점점 더 보고 싶고 듣고 싶어졌다.

이제 〈히어로〉의 가사는 다 외웠고 마이클 잭슨의 〈빌리 진〉으로 들어갔다.

팝송이라서 알아듣기에 문제가 좀 있겠지만 지금처럼 열심히 집중해서 듣고 본다면 영어 가사도 외워질 것 같았다.

조금만 더 열심히 하면 채나가 추는 춤도 배울 것 같았다.

새벽 다섯 시에 빌리 진이라는 팝송 제목이 한 바람둥이 계집애 이름이라는 것을 깨달았다.

"어후! 일억 장 가까이 팔면서 세계적으로 메가 히트를 친 노래 가사가 고작? 그리고 보면 우리나라 가요들의 가사가 깊이가 있어. 사랑을 해도 철학적으로 하니까!"

새벽 여섯 시에 비디오 방 주인이 왔다.

오랜 시간 동안 나오질 않아서 의아함에 찾아온 것이다.

비디오방 주인도 벌어먹고 살아야 하는데 전 PD가 들어간지 한참이 되도록 가져온 비디오를 보느라 나오질 않았다.

결국 추가로 요금을 내라 말하려 온 것이었는데 상태가 심상치 않아 보였다.

전 PD의 얼굴을 보니까 병원이 먼저였다.

'자식이 얼마나 오형제 신세를 졌으면 얼굴이 저렇게 됐을까? 손에 굳은살 배기겠다, 이 한심한 놈아!'

비디오 방 주인이 부랴부랴 응급실에 연락했다.

소 PD가 입원한 그 병원이었다.

이로써 〈우스타〉의 주요 스태프들 모두가 같은 병원 같은 병실에 나란히 누웠다.

패닉 현상, 즉 공황장애로.

채나라는 악마(樂魔)가 저지른 만행이었다.

2장

인간의 소리에 관한 한
이 녀석이 법이다

그날 밤.

대한방송사 DBS에서는 〈우스타〉 홈페이지에 채나의 간단한 프로필과 사진 등 2차 오디션에 관련된 뉴스를 올렸다.

백 차장이 소 PD를 문병 가기 전에 작업한 것이었다.

미국에서 온 고수 김채나! 치열한 경쟁을 뚫고 마침내 〈우스타〉 4라운드 경연에 출전! 원일, 박진호, 남궁수덕, 천인태, HA신화와 진검승부!

삼십 분 후에 〈호박〉이라는 아이디를 쓰는 누리꾼이 짧게 댓글을 달았다.

—궁금하네요! 이번 주엔 또 어떤 가수가 일등을 할까요? 꼴지는? 히히.

오 분 뒤에 또 다른 댓글이 올라왔다.

—먼저 꼴지는 쫌 죄송한 얘기지만 아무래도 무명 가수 쪽에 가까운 김채나가 차지할 것 같고, 일등은 지난주에 이등을 했던 원일이 아닐까요? 원일은 시간이 갈수록 내공이 빛을 발하던데! 묵직한 중저음에서 뿜어내는 폭발적인 가창력 하며……

그러자 이에 대하여 곧바로 반박의 댓글이 달렸다.

—님! 지금 무슨 말씀하시는 거예여? 무슨 근거로 김채나가 꼴찌를 한대여? 지금 대한방송사 예능본부에 전화해 봐여. 난리 났어여! 김채나가 완전히 오디션 장을 뒤집어 놨대여!

댓글의 행렬은 멈추지 않았다. 계속해서 화제가 된 채나에 대한 이야기가 댓글로 올라왔다.

—정말이에요?
—정말입니다. 제 친구가 모 신문사 연예부 기잔데 〈우스타〉 취재하러 갔다가 병원에 실려 갔어요. 김채나 씨 노래 듣고 패닉이 온 거죠!

—진짭니다. 정말 진짭니다. 〈우스타〉에 특별 심사위원으로 가신 제가 존경하는 가왕 최영필 선생님이 김채나 노래를 듣고 이렇게 말씀하셨답니다.

"세계 가요계를 정복할 괴물이 드디어 우리나라에서 나왔다!"

—님은 무슨 뻥을 그렇게 세게 질러여? 최영필 씨가 맞았어여?

—ㄴㄴ. 뻥 아님. 오디션에 참가했던 가수들조차 김채나 무조건 인정. 자신들과는 급이 다른 가수라고 했음.

—호호호……. 님 그게 말이 된다고 생각해요? 난 대중가요 쪽에 관심이 있어서 우리나라 가요나 미국의 팝송, 프랑스의 상송 등을 고루 들어왔어요. 근데 김채나라는 가수 이름은 오늘 처음 들어요. 님들이 몰라서 그러는데 노래는 하루아침에 되는 게 아니에요.

—님이 정말 몰라서 하는 말이에여. 김채나 씨는 어릴 때부터 오랫동안 노래 연습을 해왔대요. 단지 공식적인 무대에 처음 섰을 뿐이지! 정말 노래 잘한대요. 마이클 잭슨의 〈빌리 진〉을 불렀는데 김채나의 〈빌리 진〉을 마이클 잭슨이 부른 줄 알았대요.

—으으으! 님 미쳤군, 돌았어. 팝의 황제님을 지금 누구한테 비교해? 난 털 나고 김채나라는 이름 처음 들었다구! 근데 감히 황제님한테……. 뚜껑 열리네!

그때 〈M1〉이라는 아이디를 쓰는 누리꾼이 잽싸게 댓글을 달았다.

댓글은 꽤 길었는데 아주 충격적이고 구체적인 내용이었다.

―마이클 잭슨은 팝의 황제지만 김채나 님은 사격의 신입니다. '채나 킴'을 쳐보세요. 채나 킴은 김채나님의 미국식 이름입니다.

　―그분이 우리나라에 오셨다면 더욱이 가수로 데뷔를 하셨다면……. 여러분은 돈 많이 내고 그분 노래를 들어야 됩니다. 그분은 올림픽이나 세계대회에서 수십 개의 금메달을 땄습니다. 비인기 종목 선수라서 이름이 생소할 수도 있습니다. 그렇다고 그분을 모욕하시면 안 됩니다. 우리가 상상할 수 없는 세계에서 사시는 분이에요.

　―오 마이 갓! 세상에! 그분이 우리나라에서 가수로 〈우스타〉에 출연하셨다니……. 이런 광영이 있나? 정말 뵙고 싶습니다. 진짜 존경합니다.

　―아이크! 쩐다, 쩔어. 김채나가 사격선수래? 내 동생 이름인데 어리석은 중생들은 물러가세요! 님들 채나 킴을 쳐보시라능.

　―…….

　잠깐 댓글들이 멈칫했다.
　그리고 3분 뒤부터 댓글들이 폭주했다.

　―정말 같은 분이네요! 채나 킴 김채나……. 진짜 님 말대로 스펙이 화려하네요. 사격 쪽에서는 완전히 신의 경지를 넘어 섰어요. 금메달 공장? 와! 별명 죽여준다!

　―근데 총 잘 쏘면 노래도 잘하나요? 총 쏘는 거 하고 노래하고는 별 상관없잖아요?

이때, 누리꾼 하나가 황급히 댓글을 달았다.

─님들 잠깐만여! 잠깐만여! 아주 따끈따끈한 소식이예여. 시청자들의 문의가 폭주해서 곧 〈우스타〉 제작진에서 김채나 씨의 정확한 프로필과 오디션 과정에서 부른 노래들을 이 홈피에 공개한대여. 그리고 아틀란타 올림픽과 시드니 올림픽에서 경기하는 동영상도 올린대여. 난 이제부터 무조건 김채나야!

다시 댓글들이 주춤했다.

오 분 뒤에 대한방송사 DBS 〈우스타〉 제작진이 낮에 채나가 부른 히어로, 빌리 진, 짝사랑의 동영상을 공개했다.

그리고 채나가 세계 대회와 올림픽에서 미국 사격대표로 나와 금메달을 따는 장면들을 선명한 화질로 보여줬다.

간단하게 채나의 경력을 브리핑했고!

〈우스타〉 제작진에서 미국 사격협회의 동의를 얻어 자신들의 홈페이지에 채나가 경기하는 동영상을 퍼 나른 것이다.

……

동영상이 공개되고 약 십 분.

그렇게 시끄럽던 〈우스타〉 홈페이지가 갑자기 한 건의 댓글도 올라오지 않았다. 누리꾼들이 채나의 노래를 동영상으로 감상하고 있었기 때문이었다.

십 분이 지나고 나자 갑자기 게시판으로 댓글들이 미친 듯이 달리기 시작했다.

—노래로 금메달을 딴 거여? 총으로 노래를 부른 거여?

—뭔 노래를 저렇게 잘해여? 동영상으로 봤는데도 가슴이 먹먹해여. 머리가 띵하구!

—어떤 넘이 김채나 씨 보고 무명 가수라고 했습니까? 저 정도면 마이클 잭슨이나 머라이어 캐리하고 동급, 아니, 그 이상입니다.

—아쉽다. 채나 씨! 왜 국적이 미국일까?

—빌리 진을 부르면서 문워크가 끝나고 나오는 저 동작! 기계체조에서 나오는 스완이라는 동작입니다. 너무 완벽해요. 채나 씨는 체조 선수를 했어도 성공하셨을 겁니다. 노래, 댄스, 사격, 체조(?) 모두… 음, 제 점수는요. 10점 만점에 10점 드릴게요.

—정말 이해가 안 가네여. 저런 스펙을 가진 고수가 무슨 〈우스타〉여? 노래 몇 곡 더 들어보고 고향이 달나라로 보내주십니다여.

—암요! 그래도 노래는 꼭 들어봐야 되요. 아주 수상해요. 외계인인 것 같아요. 어떻게 인간이 노래를 저렇게 잘할 수 있겠어요?

시간이 가면서 댓글들이 빗발쳤고 〈우스타〉 홈페이지가 마비되다시피 했다.

새벽녘에 사격선수 채나 킴의 팬클럽인 〈채나교〉에서 벌떼처럼 〈우스타〉 홈페이지에 쳐들어 왔기 때문이다.

〈채나교〉는 한국에서 미국으로 유학 간 대학생들이 중심이 돼서 사격선수 채나 킴을 응원해 주는 팬클럽 이름이었다.

주로 채나와 동문인 UCLA학생들이 많았고 US버클리와 동부의 명문인 하버드, 프린스턴, 예일, 코넬, 펜실베니아등 아이비리그 출신들이 대다수였다. 그만큼 수준이 높은 팬클럽이었다.

　—〈우스타〉의 팬들에게 〈채나교〉의 성도들이 경고합니다.
　우리 교주님께서 당신들을 어여삐 여기사 성음을 내려주셨습니다. 성음을 감상하고 칭송하시는 것은 자유입니다. 하나 교주님을 비방하시면 안 됩니다. 우리 교도들이 엄히 벌을 내릴 것입니다. 참고로 본인은 현재 한국과 미국을 왕래하며 먹고사는 국제변호사입니다.
　—오오…… 교주님께서 〈우스타〉에 납시다니 이게 웬 광영인가?
　교주님께서 보시기에 모국의 가수들이 너무 수준이 낮으사 교화를 하시러 왕림하셨나?
　—교주님 만세! 만세! 오랫동안 우리 교주님을 보필했더니 드디어 이런 천지가 개벽하는 일이 벌어졌군요. 우리 교주님이 불 막대기를 놓고 성음으로써 세상을 다스리고자 강림하셨군요.
　—근데 우리 교주님 노래 넘 잘하는 거 아냐? 짝사랑 짝사랑 짝사랑 짝사랑 짝사랑…… 트로트를 듣고 소름이 끼쳐? 이 살 떨리는 감동! 우리 교주님의 이 황홀한 성음을 어찌하오리까?

　〈우스타〉 홈페이지에 댓글들이 쉴 새 없이 쏟아지면서 채나의 사격선수 경력이 날개가 되어 가수 김채나를 노래하는 신으로 만들었다.

　　　　　*　　　　　*　　　　　*

　뺌뺌뺌!

　음악과 함께 〈KBC 아침뉴스〉라고 그래픽으로 된 화면이
빠르게 돌아갔다.

　카메라가 스튜디오에 앉아 있는 남자 아나운서와 여자 아나
운서를 함께 비췄다.

　이어서 카메라 하나가 여자 아나운서를 크로즈업시켰다.

　여자 아나운서가 원고를 한 번 쳐다본 후 멘트를 시작했다.

　"다음은 한 주간 연예계 소식을 전하는 연예 뉴스타임입니
다. 이번 시간에는 사회부 기자이신 주호승 기자 나와 있습니
다. 어서 오세요, 주 기자님."

　"안녕하십니까! 사회부 주호승 기자입니다."

　카메라가 재빨리 주호승을 잡았다.

　KBC기자로서 DBS 〈우스타〉에 간첩으로 잠입해 암약하다
가 채나의 노래를 듣고 쓰러졌던 그 주 기자였다.

　"호호호! 주 기자님! 주 기자님을 부를 때마다 왜 이렇게 죄
송하고 웃음이 나오는지 모르겠어요?"

　"글쎄 말입니다. 저도 괜히 죄송하더라고요, 주 기자님!"

　여자 아나운서와 남자 아나운서가 주 기자라는 발음을 세게
하며 가벼운 농담을 주고받았다.

　"괜찮습니다. 사실 엊그제 개명을 해볼까 하고 법원에 갔더
니 이름은 그래도 바꿀 수 있는데 성은 거의 불가능하답니다.

전 그저 팔자거니 하고 살겠습니다. 주 기자 주 기자! 모두 주 기자!"

"호호호! 하하하!"

주 기자가 너스레를 떨자 두 아나운서가 웃음을 터뜨렸다.

"시청자 여러분이 깜짝 놀라시겠어요! 아침부터 누굴 죽이자고 그렇게 외치시는지? 그런데 정말 주 기자께서 어떤 가수분 덕에 죽을 뻔하셨다고요?"

"에에! 주 기자 주 기자하고 소리치다가 제가 죽을 뻔했습니다."

"하하하!"

남녀 아나운서가 다시 해맑게 웃었다.

"네, 지금까지 우스개 이야기였고요. 시청자 여러분께 대단히 죄송한 말씀이지만 저는 이 소식을 보도하기 전에 많이 망설였습니다. 이 소식을 보도해서 가뜩이나 잘나가는 타 방송사의 프로에 기름을 부어주는 게 아닌가 하는 아주 이기적인 생각 때문에 말이죠."

"오! 주 기자께서 상당히 고심을 하셨군요?"

"예! 하지만 공영방송사의 기자로서 아무리 타방송사에서 벌어진 일이라 하더라도 시청자 여러분의 알권리가 먼저라는 소명의식을 갖고 보도하기로 결심했습니다. 어젯밤에 D방송사에서 동영상을 공개했으니 몇 가지 고민은 사라졌습니다만!"

"대체 어떤 소식이기에 소명의식까지 거론하시는 거죠, 주 기자님?"

여자 아나운서가 질문을 했다.

주 기자가 일 번 카메라를 쳐다봤다.

"지금부터 소개하겠습니다. 시청자 여러분 놀라지 마십시오! 어제 오후 D 방송사에서는 십여 명의 사람이 병원에 실려가는 심각한 사고가 발생했습니다."

주 기자가 정말 심각한 표정으로 카메라를 직시하며 말을 했다.

"바로 D방송사의 W모 가요 경연 프로그램 오디션 현장에서 실제로 벌어진 사건입니다. 어떤 가수가 부르는 노래를 듣다가 패닉 현상을 일으켰기 때문이죠!"

"세, 세상에 엄청난 일이 있었군요!"

남자 아나운서가 재빨리 추임새를 넣었다.

"본 기자는 마침 그 현장에서 취재 중이었기에 생생하게 노래를 들을 수 있었고 모든 일을 목격했습니다."

꿀꺽! 주 기자가 긴장한 듯 마른침을 삼켰다.

"정말 믿기지 않는 일이 벌어졌습니다. 이 가수 분이 노래를 시작한 지 5초에서 10초나 지났을까? 본 기자 또한 머리가 하얗게 비면서 다리가 풀려 도저히 서 있을 수가 없었습니다."

주 기자가 고개를 설레설레 저었다.

"와아아아— 얼마나 노래가 대단했으면?!"

여자 아나운서와 남자 아나운서의 입을 쩍 벌어졌다.

"먼저 문제의 가수분이 부르는 노래를 들어보시죠!"

주 기자가 미소를 흘리며 말했다.

"네에! 각오를 단단히 하고 듣겠습니다."

두 아나운서가 입을 꽉 다물었다.

아주 많이 사랑했죠. 밤새 애길 나누고……. 새벽에 그 거리를 거닐면서…….

채나가 히어로를 부르는 장면이 화면에 떠올랐다. 이어서 남자 아나운서와 여자 아나운서의 얼굴빛이 서서히 바뀌었다.

깔깔대고 웃었죠! 그대는 잦은 나의 투정도 그 넓은 품으로 안아줬죠.

채나의 감정이 고조되면서 조금씩 톤이 올라가기 시작했다.

두 아나운서가 자신도 모르게 입을 벌리며 눈을 껌벅거렸다.

그대는 내 하나뿐인 히어로! 우-우-우-우-우 ─ 우-우-우-우-우 ─

채나가 엔딩 부분을 부르면서 애드립을 폭탄이 터지듯 뿜어 냈다.

"……!"

남녀 아니운서와 카메라 감독 등 스튜디오 있는 모든 스태프가 입을 헤 벌린 채 채나가 노래하는 화면만 뚫어져라 응시했다.

"험험!"

주 기자가 쓴웃음을 머금으며 잔기침을 했다.

"어떻습니까? 두 분!"

"……"

남녀 아나운서는 주 기자가 말을 붙였는데도 멍하니 화면만 바라본 채 정신을 차리지 못하고 있었다.

"후후후! 두 분도 패닉 상태인가요?"

주 기자가 다시 말을 붙이자 그제야 아나운서들이 정신을 차렸다.

"무슨 목소리가……. 저렇게 화려하고……. 너무 너무 섹시하다!"

여자 아나운서가 온몸을 부르르 떨면서 방송용 멘트가 아닌 엉뚱한 말을 뱉었다.

"저, 정말 노래를 잘 부르면 저렇게 아름다운가요?"

짝짝짝!

남자 아나운서가 자신도 모르게 박수를 쳤다.

여자 아나운서와 카메라 감독 등 스태프들도 따라서 박수를 쳤다. 왠지 박수를 치지 않으면 안 될 분위기였다.

"진짜진짜 대단하네요! 소름이 오싹오싹 끼쳐요. 이 아침에 녹화 테이프를 봤을 뿐인데 이 정도니……."

"현장에서 라이브로 보면? 후우우우!"

여자 아나운서가 계속해서 탄성을 발하자 주 기자가 어깨를
으쓱했다.

"전 노래 귀신이 절 잡아가는 줄 알았습니다. 이 가수 분이
노래를 부르기 시작해서 딱 오 초쯤 됐을 때 번쩍하며 새파란
번개가 제 뇌리를 관통했습니다. 그리고 온몸에 노래를 각인
시켰습니다. 푸후!"

주 기자가 아직도 환상에 시달리는 듯 한숨을 길게 내쉬었
다.

"덕분에 저는 이 스튜디오에 나오기 십 분 전까지 수백 번
이 노래를 들었습니다. 듣고 또 듣고…… 계속 들어도 질리지
않았습니다. 아니, 점점 더 듣고 싶어졌습니다."

"네에! 주 기자님 말씀대로 저도 지금 당장 이 노래를 다시
듣고 싶네요. 정말 빨리 다시 듣고 싶어요."

"저도 그렇습니다! 도대체 어디서 뭐가 어떻게 됐는지 잘 모
르겠지만 노래를 다시 듣고 싶습니다. 방송이구 뭐고 다 때려
치우고."

남녀 아나운서들이 호들갑을 떨었다.

"흐흐흐!"

주 기자가 음침하게 웃었다.

"아마 두 분뿐 아니라 이 화면을 보신 시청자들께서도 이 노
래를 다시 듣고 싶으실 겁니다. 끝없이! 목소리에 엄청나게 중
독성이 강한 마약이 발라져 있는 노래입니다."

"그만큼 가수분이 굉장하다는 뜻이겠지요, 주 기자님?"

"그렇습니다. 제가 감히 이 가수 분에 대해서 평할 수는 없지만 이 가수 분의 원초적인 정체가 정 아나운서 말씀대로 굉장하다는 것! 그것만은 말씀드릴 수 있습니다."

"호호호! 원초적인 정체요?"

"예! 두 분은 이 가수 분을 보시면서 어떤 분의 얼굴이 떠오르지 않았나요? 아주 유명한 스포츠 스타인데요."

"그냥 큐티 한 숙녀 분이라 것밖에?"

"후후! 이분이 바로 재미교포이자 지구 최고의 총잡이라는 채나 킴, 김채나 씨입니다. 엊그제 한국마사회 사격단 코치 겸 선수로 입단했죠."

"아, 듣고 보니 그렇군요. 정말 그분이네요. 미국 사격선수 채나 킴 씨!"

"지난 시드니 올림픽 6관왕을 기록하기도 했죠?!"

"흐흐! 역시 비인기 종목의 운동을 하면 서럽군요. 우리나라를 대표하는 두 아나운서께서도 제가 소개해야 아시니 채나 킴 선수가 섭섭해서 총으로 쏘실지도 모르겠군요. 아니면 노래로."

"호호! 전 당장 맞고 싶은데요. 채나 킴 씨, 아니, 김채나 씨! 노래로 쏴주세요. 제발 노래로……."

"하하하!"

주 기자가 KBC의 아침방송에 나와 아나운서들과 함께 십분 동안이나 채나를 찬양했다.

어느새 주 기자는 이렇게 채나교도가 되어 있었다.

그리고 KBC 직원들에게 채나 교리를 열심히 전파하고 있었고 말이다.

*   *   *

〈우스타〉본 경연에 출연하는 가수들은 경연이 시작되는 첫째 주가 되면 입에서 불을 뿜고 피를 토했다.

첫째 주 경연에서 상위권에 들어가면 어느 정도 여유가 있었지만 그 반대로 하위권으로 밀리면 마지막 주는 지옥주가 된다. 탈락이란 고배가 현실로 다가오기 때문이다.

한데, 4라운드 경연이 시작되는 첫째 주 녹화 날인 오늘부터 왠지 출연 가수들 대부분이 맥이 빠져 있었다.

매스컴에서 보도한 대로라면 경연은 하나마나였다.

1등은 새로 참여한 가수인 김채나가 차지할 게 뻔했으니까!

—드디어 세계 가요계를 정복할 괴물이 대한민국에서 나왔다.

—김채나가 노래를 부르면 장님이 눈을 뜰 것이고 귀머거리가 노래를 들을 것이다.

—한국 최고의 가수라는 가왕 최영필이 김채나의 노래를 듣고 이렇게 평했다고 한다. "마이클 잭슨이 평범한 가수라는 것을 김채나가 부르는 〈빌리 진〉을 듣고서야 알았다!" 〈서울예대 김학석 교수의 만평에서.〉

각종 언론에서 쏟아진 이 이야기들은 채나가 〈우스타〉 4라운드 경연에 나오면서 남긴 신화들의 산증이었다.

　그 시작은 닷새 전, 공영방송인 KBC의 주 기자가 보도한 뉴스가 그 효시였다.

　이를 시작으로 중앙 일간지와 각 케이블, 음악방송을 비롯한 온갖 매체로 번지더니 급기야 인테넷 포털사이트의 실시간 검색어 1위를 가수 김채나가 차지했다.

　바야흐로 채나는 화성쯤에서 날아온 노래 부르는 외계인으로 변해 있었고!

　이런 분위기에서 어떤 가수가 감히 채나와 경연을 한단 말인가.

　'1등은 외계인에게 주고 2등만 하자고!'

　'이런 괴물하고 붙어서 2등을 했다면 나도 대단한 거 아닌가?'

　오늘 〈우스타〉 경연에 출연한 가수들은 다들 이처럼 자포자기하는 심정으로 리허설 현장에 나와 있었다.

　자신들의 리허설보다 채나의 정체가 훨씬 궁금했다.

　빵·빵·빵! 빵!

　하우스 밴드가 연주를 멈추고 대한민국 락 음악의 기둥이라는 원일이 주먹을 불끈 쥐며 리허설을 끝냈다.

　열아홉 살 때 그룹사운드 〈태풍〉의 리드싱어로 활동을 시작해 서른여섯인 올해까지 줄기차게 락 음악만을 고집했다.

그 덕분인지 〈우스타〉 2라운드부터 출연한 원일은 나오자마자 1등을 했고 지난주까지 계속 상위권을 유지하고 있었다.

"모두 수고하셨습니다. 오늘 연주 아주 좋았습니다!"

원일이 하우스 밴드들을 쳐다보며 인사를 했다.

"고마워, 원일 씨! 오늘 성적 좋을 거야."

하우스 밴드 중 최고령자인 퍼스트기타 이영철이 손을 흔들었다.

"원일이 씨! 필 좋은데? 기대돼!"

성시상 음악 감독이 재빨리 무대 위로 올라왔다.

"하하하! 감사합니다, 성 감독님!"

짝!

원일과 눈매가 유난히 가늘고 날카롭게 생긴 사십대 신사, 피 팀장이 하이파이브를 나눴다.

"아주 속 시원하게 불렀어. 역시 대한민국 최고의 락커다!"

"고맙습니다. 피 팀장님! 어제 근육을 풀어준 덕분에 몸이 가뿐해 졌어요."

"좋았어! 오늘도 모조리 죽여 주자구."

피 팀장이 미소를 띤 채 원일의 등을 툭툭 치며 격려를 했다.

"오—"

찰나, 피 팀장이 연필신과 함께 방청석에 앉아 리허설을 지켜보는 채나를 발견하고 신음인지 감탄산지 모를 기음을 토했다.

"나 잠깐 인사 좀 하고 올게!"

피 팀장이 원일에게 한 손을 가볍게 들었다.

"옙! 다녀오세요."

원일이 씩씩하게 대답했다.

피 팀장이 넥타이를 고쳐 매고 방청석으로 올라갔다.

피 팀장은 오래전에 멀리서나마 채나를 몇 번 본 적이 있었다.

〈우스타〉에서 올려놓은 동영상을 보고 채나의 신분을 명확하게 확인을 했고!

"금룡(金龍) 민광주 선생님의 장제(長弟) 피대치입니다!"

피 팀장이 채나에게 다가가 깊숙이 허리를 숙였다.

"윽!"

채나가 마른 비명을 터뜨리며 벌떡 일어났다.

하지만 그런 채나보다 옆에 사이좋게 붙어 있던 연필신이 더 놀랐다.

연필신이 아는 채나는 당장 자신이 옆에서 죽어가도 이렇게 놀랄 사람이 아니었다.

필신이 아직 안 죽었니? 하고 물어볼 사람이지!

그런 채나가 비명까지 지르며 자리에서 벌떡 일어났던 것이다.

게다가 다가온 사람을 보고 필신 또한 눈이 크게 떠졌다.

"오 마이 갓! 이런데서 금룡 사형의 제자를 만나다니?"

채나가 믿어지지 않는 표정으로 눈을 껌벅거렸다.

"선생님께서 꼭 찾아뵙고 인사드리라고 하셨습니다."

피 팀장이 고개를 숙인 채 조심스럽게 말을 받았다.

"OK! 와봐?"

채나가 피 팀장을 향해 검지를 까딱거렸다.

"합!"

팡팡!

피 팀장이 힘차게 대답하며 미끄러지듯 다가와 채나의 얼굴을 향해 원투 스트레이트를 뻗었다.

툭! 채나가 가볍게 몸을 돌리며 손바닥으로 피 팀장의 가슴을 쳤다.

일합의 교환!

제삼자가 보면 아주 친한 사람들끼리 장난을 치는 듯한 행동.

동문수학한 제자들이 서로의 신분을 확인하기 위한 약속대련이었다.

같은 선생님 밑에서 그림을 배우면 화풍이 비슷한 것처럼 무술도 마찬가지였다.

특히, 채나가 익힌 선도(仙道)는 동문이 아니면 절대 흉내 낼 수 없는 것이었다.

"헤에! 정말 금룡 사형 제자가 맞네? 진짜 반갑다. 사형께 네 얘기 많이 들었어."

"뵙게 되어 영광입니다. 여기!"

피 팀장이 허리를 숙인 채 공손하게 명함을 건넸다.

"(주)TNT 엔터테인먼트 전무이사? 연예기획사에 있었네. 그래서 여기 왔구나!"

채나가 명함을 보며 부드러운 미소를 흘렸다.

"예! 작은 구멍가게 비슷합니다만 열심히 뛰고 있습니다."

피 팀장이 여전히 허리를 숙인 채 대답을 했다.

"헤헤헤! 어떤 일이든 열심히 하면 되지 뭐. 아무튼 만나서 반가워!"

툭툭!

채나가 환하게 웃으며 피 팀장의 어깨를 두드렸다.

"면목 없습니다!"

피 팀장이 마치 큰 죄를 지은 사람처럼 연신 머리를 조아렸다.

"괜찮아, 괜찮아! 사형이 너는 대기만성 형이라고 했어. 나중에 큰사람이 될 거야!"

채나가 뜻 모를 격려를 했다.

"감사합니다. 실망시켜 드리지 않겠습니다."

"그래! 사형께 안부 전해주구. 몸조심해!"

"옛! 다음에 뵙겠습니다. 그럼……."

피 팀장이 다시 한 번 정중하게 인사를 한 뒤 채나의 눈을 피하며 몸을 돌렸다.

"……!"

연필신이 작은 눈을 최대한 부릅뜨며 채나를 쳐다봤다.

"채, 채나야! 저 사람, 피 팀장 잘 알아?"

채나가 어깨를 으쓱했다.

"먼 친척이야. 뭐, 가깝다면 가까운 사이지."

"아! 그랬구나. 저 사람 연예계에서 무지 유명한 사람이야. 우리나라에서 세 번째로 큰 연예기획사 전무라구!"

"응! 명함 받았어."

채나가 고개를 끄덕였다.

"아주 괜찮은 사람이래. 머리도 샤프하고 특수 부대 출신으로 무술로도 일가를 이룬 굉장한 고수라고 하더라구! 걸그룹인 여성시대와 리틀스타 치프매니저야. 저기 있는 원일 씨 전담 매니저고."

쩝쩝! 채나가 연필신의 얘기에 관심이 없는 듯 입맛을 다시며 말을 돌렸다.

"근데 필심⋯⋯. 필신아! 나 배고프다."

"또오오오오? 아니, 금방 바나나 다섯 개나 먹었잖아?"

"우씨이이! 바나나가 무슨 밥이야? 고기를 먹어야지. 한우⋯⋯."

"아후! 넌 정말 연구대상이다. 도대체 그 쬐그만한 몸 어디로 그 많은 음식이 다 들어 가냐?"

"나도 몰라. 먹어도, 먹어도 배가 고픈 걸 어떡해?"

"알았어요, 알았어요! 리허설만 끝내! 내가 일산 바닥을 모조리 뒤져서라도 한우갈비찜을 사올게. OK?"

"헤헤헤! 역시 우리 매니저가 갑이야."

"험험! 음, 뭐⋯ 기본이지."

선도를 연마다는 것은 내 혼(魂) 속에 수십 개의 령(靈)을 키우는 것과 같다.

그만큼 엄청난 에너지가 필요했다.

이때 무대 위에서 성 감독의 음성이 들렸다.

"십 분 뒤에 김채나 씨 리허설 들어가겠습니다. 준비해 주세요!"

성 감독이 무대 위에서 가볍게 외쳤다.

"……."

이때, 성 감독은 자신도 이제 주목받는 사람처럼 생각이 됐다.

〈우스타〉의 책임 PD인 백 차장의 간곡한 부탁에 의해 지난주부터 이 프로의 음악감독을 맡았기 때문이다.

사실 성시상하면 그래도 바닥의 뮤지션들은 실력자로 꽤 알아줬다.

기타, 피아노, 바이올린 등 아홉 개의 악기를 자유자재로 다루는 아티스트였기 때문이었다.

보라고! 지금도 내 말이 끝나자마자 공개홀에 모인 모든 사람이 나를 주시하잖아?

이는 성 감독이 떠올린 아주 잠깐의 오해였다.

"안녕하세요. 김채나예요."

사람들의 시선은 바로 성 감독의 뒤에서 건달처럼 어깨를 흔들며 걸어 나오는 채나에게 꽂혀 있었다.

'빌어먹을! 그러면 그렇지.'

"어서 오세요. 채나 씨! 컨디션이 아주 좋아 보여요?"

성 감독이 짧은 봄날의 꿈에서 깨어나 반갑게 채나를 맞이했다.

"네! 이제 시차 적응이 됐어요."

"흐음! 그래요? 지난번 2차 오디션 때 부른 동영상을 보니까 굉장하던데 오늘은 완전히 죽여주겠네요?"

"제가 노래는 쫌 하거든요."

"하하하! 그래요 진짜 노래는 약간 하시더라고요. 인정합니다. 채나 씨 노래 잘하는 거!"

"헤헤헤!"

채나가 성 감독의 찬사에 기분 좋은 듯 특유의 웃음을 흘렸다.

확실히 이 녀석은 괴물이 맞아!

이 녀석이 부른 히어로와 빌리 진을 듣고서야 처음으로 인간의 음역대에 한계가 없다는 것을 느꼈으니까.

'돌고래가 어쩌고 박쥐가 어쩌고 하는 건 다 똥 밟는 소리야. 앞으로 인간의 소리에 관한 한 이 녀석이 법이다!'

이렇게 확신한 성 감독이 채나를 보며 연신 감탄사를 삼켰다.

'근데, 어떻게 편하게 해주라는 거지? 지금도 너무 편해 보이는데! 긴장감이라고는 쥐뿔도 없어. 괜히 미안하네.'

안 그래도 성 감독은 리허설을 하기 한참 전인 아침 기획회

의시간 직전에 홍 본부장에게 불려가 엄한 명령을 받은 바 있었다.

절대 김채나의 비위를 건들지 마라!

무조건 편하게 해줘라!

하고 싶은 대로하게 해라!

리허설을 열 번 하겠다면 열한 번이라도 하게 해주고 내일까지 연습하겠다면 내일까지 하게 해주라고…….

끝으로 한마디 했다.

"이 프로는 예능이야 예능! 성 감독. 절대 예술로 오해하지 말라구! 무슨 말인지 알겠지? 김채나뿐만 아니라 어떤 가수 든 재미있는 퍼포먼스가 있으면 살짝 어드바이스를 해서 충분히 살려주란 말이야."

"지당하신 말씀!"

성 감독이 미소를 띠며 하우스 밴드들을 돌아봤다.

"자아! 악보들은 다 살펴보셨죠? 개인적으로 연습들도 하셨을 테니 그대로 가겠습니다. 채나 씨의 히어로가 난해한 노래도 아니니까 쉽게쉽게 갑시다. 채나 씨! 준비되셨죠?"

"네에! 감독님."

채나가 예쁘게 대답했다.

"우와아아— 채나 파이팅! 김채나! 가자! 가자! 김채나!"

연필신이 붉은 머리띠를 두른 채 어디서 구했는지 〈이 시대

진정한 디바(女神) 김채나)라고 쓰여 있는 깃발을 휘두르며 무대 아래서 오두방정을 떨었다.

'우씨! 필신이 저거 창피하게…… 헤헤헤! 그래도 기분 좋다.'

채나가 얼굴을 붉혔다.

이어 채나가 미안한 듯 머리를 긁으면 성 감독에게 부탁했다.

"저기 감독님! 먼저 반주 없이 육성으로 한 곡하면 안 될까요? 전 그래야 컨디션이 좋아지는데. 헤헤!"

"그렇게 하세요. 채나 씨! 원래 지금부터 삼십 분 동안 이 무대는 채나 씨 겁니다."

성 감독이 흔쾌히 허락했다.

'흠! 이렇게 해주란 거지?'

"자아! 하우스밴드 여러분은 잠깐 쉬시면서 김채나 씨가 부르는 무반주 〈히어로〉를 감상하시겠습니다."

성 감독이 웃으면서 채나에게 시작하라는 사인을 보냈다.

—아주 많이 사랑했죠. 밤새 얘길 나누고……. 새벽에 그 거리를 거닐면서…….

"……!"

채나가 노래를 시작한지 딱 십 초가 지났을 때 성 감독을 비롯한 하우스 밴드 멤버들과 리허설을 지켜보던 사람들이 채나를 마치 외계인을 보듯 쳐다봤다.

채나는 진짜 육성! 생라이브! 마이크조차 사용하지 않고 노래를 시작했던 것이다.

　─깔깔대며 웃었죠! 그대는 나의 잦은 투정도……. 나의 트집도……. 그 넓은 가슴으로 안아줬죠.

　채나의 예쁘면서도 차갑고 화려하면서도 날카로운 목소리가 DBS 공개홀에 울려 퍼졌다.

　마이크를 사용할 때보다 훨씬 화려하면서도 날카로운 음색이었다.

　─그대는 내 하나뿐인 히어로! 우우우우─ 그대는 내 하나뿐인 히어로! 우우우우

　채나가 작심한 듯 마음껏 목소리를 뿜어냈다.

　화려한 음성이 넓은 공개홀을 웅장하고 따뜻하게 감쌌다.

　─오오오

　채나의 목소리가 고음에서 고음으로 또 초고음으로 연속해서 올라가더니 어느 순간 천천히 저음으로 내려왔다.

　덜덜덜!

　성 감독이 하얗게 질린 채 의자에 앉아 연신 다리를 떨었다. 그 떨림은 다리에서 허리로 머리로 종내는 전신으로 번졌다.

　콰다당!

　한순간, 성 감독이 의자에서 미끄러졌다.

　─히어로─ 우우우우

　성 감독이 바닥에 주저앉아 채나의 노래하는 모습을 물끄러미 쳐다봤다.

　조명 탓인가?

눈이 부셨다.

채나의 등 뒤에서 은은한 금빛 광채가 뿜어져 나오며 전신을 감쌌다.

이윽고 채나의 노래가 끝났다.

채나가 노래를 마치고 나니 그녀를 둘러싸고 있던 금빛 광채도 사라졌다.

한참 동안 정신을 차리지 못하던 성 감독은 이내 자리에서 벌떡 일어나 대뜸 마이크를 잡고 채나를 향해 나섰다.

"채, 채나 씨! 한 곡 더 불러주실 수 있나요? 부탁합니다. 한 곡만 더 불러주세요!"

성 감독이 채나의 노래에 홀린 듯 간곡하게 부탁했다.

"헤헤……. 네! 시작할게요!"

채나가 경쾌하게 대답하고 다시 노래를 시작했다.

채나가 '사랑하는 친구에게', '거꾸로 흐르는 강물을 따라서' 까지 연속 세 곡을 불렀다.

마이크도 없이 순수한 육성으로!

"채나! 채나! 채나! 죽여준다! 채나 채나! 아아아아악—"

노래가 끝나고 삼십 초쯤 뒤에 연필신이 깃발을 든 채 공개 홀을 마구 뛰어 다니며 발광을 했다.

"헤헤헤!"

채나가 특유의 맹한 웃음을 흘리며 귀엽게 승리의 V자를 그렸다.

그제야 무대에 주저앉아 있던 성 감독을 비롯한 하우스밴드 멤버들이 정신을 차렸다.

짝짝짝짝짝!

성 감독을 비롯한 하우스 밴드 멤버들이 일제히 박수를 쳤다.

'이 넓은 공개홀을 마이크조차 사용하지 않고 순전히 육성으로 진동하게 만들어? 도대체 저게 인간의 목소리야?'

'외계인이나 가능한 가창력이니 영혼을 울리는 소리니 하더니 이제야 알겠다!'

그 자리에 있던 사람들마다 각자 탄성을 내지르며 이러한 생각들을 했다.

거기에 성 감독은 고개를 흔들며 미친 듯이 박수를 쳤다.

무대 아래서 지켜보던 가수들과 매니저 〈우스타〉의 스태프들까지!

무엇인가에 홀린 듯 모조리 일어서서 정신없이 박수를 쳤다.

채나가 귀엽게 허리를 접으며 인사를 했다.

문득, 뼛속까지 락커라는 원일이 얼굴이 벌겋게 상기되어 피 팀장을 쳐다봤다. 그리고 몸을 돌렸다.

"피 팀장님! 저 먼저 갈게요."

"왜 그래? 이제 리허설 끝났잖아?"

"피 팀장님도 지금 보셨잖아요? 내가 저 친구하고 게임이 된다고 생각하세요?"

"……!"

피 팀장이 언뜻 대꾸할 말이 떠오르지 않았다.

"쟤를 보니까 이제야 내 실력을 알겠어요. 그동안 음악 좀 한다고 떠들었는데……. 어이구, 쪽팔려! 창피해서 더 이상 여기 못 있겠어요."

"워, 원일아!"

피 팀장이 당황했다.

자신이 생각해도 원일의 말이 틀린 데가 없었다.

"오랜만에 기자들이 옳은 소리 했네요. 오늘 보니까 김채나 씨 외계인 맞아요!"

다행히 숨소리까지 매력있다는 발라드 가수 남궁수덕이 원일을 붙잡았다.

남궁수덕은 연세대학교 음악대학 출신으로 현재 인천예대 대중음악과 전임강사였는데 엘리트로서의 자부심이 대단한 가수였다.

"큭! 수덕 씨도 공감하는구나?"

"세상에 어떤 가수나 성악가가 와도 이 넓은 공개홀을 육성으로 흔들 수는 없죠! 저건 사람의 목소리가 아니에요. 외계인이거나 기계거나 둘 중 하나죠."

"크크큭! 난 아까 다리가 풀리더라구. 쟤가 노래 부를 때 여신이 내려온 줄 알았다니까?"

"저도 봤어요! 갑자기 후광이 어리면서 주위가 황금빛으로 물들더라고요. 진짜 영광이네요! 내가 신하고 경연을 하다니."

"큭큭! 참나 웃기는 짬뽕이야. 나 먼저 갈게. 뒤에 와, 수덕 씨."

원일이 성큼성큼 걸어 나가자 피 팀장이 급히 팔을 잡았다.

"가면 안 돼, 원일아! 천만 명이 지켜보는 방송이야."

"아……. 씨발! 피 팀장님! 당신 같으면 저런 놈하고 경연할 거야? 맞짱 뜰 수 있겠어?"

원일이 자기 성질을 못 이기고 육두문자까지 날렸다.

"차라리 마이클 잭슨이나 최영필 선배를 데려오라 해! 그럼 함 붙어줄 자신있어. 니미! 나도 노래로는 어떤 놈한테도 꿀려 본 적이 없는 락커야!"

"그래! 네 실력 잘 알지. 그러니까 오늘은 경연이라고 생각 하지 말고 네 팬인 나를 위해서 멋지게 한 곡 불러다오. 부탁 이다!"

"……."

피 팀장이 정색하고 말하자 원일의 얼굴이 누그러졌다.

"그래요, 원 선배! 1등은 쟤한테 주고 우리끼리 잼 있게 놀 아보자고요! 솔직히 쪽팔리긴 하지만 언제 다시 저런 외계인 하고 같은 무대에 서 보겠어요? 이번 기회에 한 수 배우자구 요."

남궁수덕이 대학교수답게 원일을 달랬다.

"…한 수 배운다?"

원일이 걸음을 멈췄다.

삼 초 원숭이!

뼛속까지 락커라는 가수 원일의 별명이었다.

성질이 다혈질이라서 탈이지 전혀 뒤끝이 없었다. 아무리 화가 났어도 삼 초만 지나면 잊어버려서 팬들이 붙여준 별명이었다.

"후우……."

피 팀장이 한숨을 쉬며 남궁수덕에게 고맙다는 눈짓을 했다.

"이따 봬요."

남궁수덕이 손을 흔들며 무대 쪽으로 걸어갔다.

"하긴 저런 놈하고 경연을 해야 꼴지를 해도 할 말이 많지!"

원일이 쓴웃음을 지으며 중얼거렸다.

"맞아! 기자들 말대로 채나 씬 우스타 게스트야. 채나 씨 한테 1등 주고 우린 2등만 하자고. 2등만! 너도 그동안 눈부신 성적을 올렸잖아. 1등, 3등, 2등, 1등! 지금 그만두면 이 성적 아까워서 어떻게 하냐?"

피 팀장이 열심히 원일을 설득했다.

분명히 그랬다.

지금까지 〈우스타〉에 출연한 가수들 중에 원일이 최고의 성적을 거두고 있었다.

"그러네. 씨발! 날밤 까면서 거둔 건데 갑자기 아깝네."

"당연하지! 지금까지 원일이 너만 한 성적을 낸 가수가 있냐?"

피 팀장이 기회를 놓치지 않고 밀어 붙였다.

"너 여기서 하차하면 좋아할 놈들 많아! 아니, 왜 죽 쒀서 개 줘? 그리고 언제부터 니가 다른 가수들 신경 썼냐? 넌 지금까지 누가 뭐래도 네 음악을 해왔잖아. 덕분에 지금 대중에게 호평을 받는 거고."

피 팀장이 원일의 가슴을 예리하게 찔렀다.

"죄, 죄송! 피 팀장님. 제가 또 또라이가 됐었네요!"

"괜찮아! 사람이 그럴 때도 있는 거지 뭘."

삼 초 원숭이가 열 받은 지 딱 오 초 만에 피 팀장에게 사과를 했다.

"대신 이번 라운드에서는 무조건 일 번 타자로 나갈게요."

"마음대로! 일 번이든 이 번이든 니가 좋은 순번을 택해서 불러!"

피 팀장이 흔쾌히 찬성했다.

지난 라운드에서 종합 1등을 한 가수에게는 인센티브로써 경연 순서를 선택할 권리를 준다. 〈우스타〉의 규정이었다.

원일은 〈우스타〉 3라운드 경연에서 종합 1등을 했다. 규정에 의해 원일은 이번 4라운드 경연에서 경연 순서를 선택할 권리가 있었다.

한데, 유리한 마지막 순서를 택하지 않고 첫 번째로 노래를 부르겠다는 것이다.

"오해는 마세요! 꼬장 부리는 거 아니니까요. 삼 초 지났잖아요?"

"흐흣!"

삼 초 원숭이라는 것을 제일 잘 아는 사람은 원일 자신이었다.

그 원일을 더 잘 아는 사람이 피 팀장이었고!

"이번 경연에서는 무조건 저놈 앞에서 불러야 돼요. 뒤 순서가 유리하다고 해서 저놈 뒤에 걸리면 무조건 꼴찌예요! 저놈 목소리에 홀려서 삑싸리 때리다가 버벅대고 내려올 게 뻔하잖아요?"

"그, 그 정도야?"

제 정신이 돌아온 원일이 보충설명을 하자 피 팀장이 입을 딱 벌렸다.

삑사리란 음이탈을 뜻했다.

"크크! 이따가 보세요. 분명히 몇놈 거품 물고 나갈 거예요!"

"……!"

삼 초 원숭이 원일의 예언은 적중했다.

한데, 거품을 물고 나가는 몇 놈은 가수가 아니라 관객들이었다.

채나는 연필신이 초등학교 때 문방구 앞에서 익혔던 뽑기 실력 덕에 마지막 순서로 노래를 했기 때문이다.

사실 원일에게 채나의 가창력은 정말 엄청난 충격이었다.

고음이 주특기인 자신이 도저히 따라 갈 수 없는 음역대를 넘나들었기 때문이었다.

여성 락커?

확실히 자신처럼 내지르는 창법이나 히스테릭한 보이스가 깔리는 것은 비슷했다. 근데 아니었다.

채나는 이미 전문가들이 평한대로 지구에서는 좀처럼 찾기 힘든 희귀한 뮤지션으로 노래에 맞춰 창법을 구사하는 전천후 팔색조 가수였던 것이다.

"휴우!"

성 감독은 이십여 년 동안 음악활동을 하면서 오늘처럼 피곤한 날은 처음이었다.

"그러니까 이명철 씨는 채나 씨 목소리에 홀려서 삑사리를 냈다는 겁니까?"

"어떻게 통제가 안 돼요, 저도 모르게 코드를 놓치고 멍청하게 서 있더라고요."

퍼스트 기타 이명철이 듬성듬성한 머리칼을 긁어대며 변명했다.

"나참! 가수 목소리에 반해서 밴드들이 연주를 못하겠다니 원."

"헤드폰을 끼고 모니터를 차도 소용없어요. 채나 씨 목소리는 눈으로도 들려요."

성 감독이 짜증을 내자 건반을 치는 최수민이 끼어들었다.

"모, 목소리가 눈으로 들려요?"

성 감독이 당혹했다.

"채나 씨가 노래하는 모습을 보는 순간 그 목소리가 온몸으로 스며들어요. 그리고 가슴이 쾅쾅 뛰면서 정신이 없어져요."

"덕분에 기본적인 코드도 잊어버리고 박자도 못 쫓아 가구!"

이명철과 최수민이 고충을 토로하자 베이시스터 권순선까지 동조했다.

"삼류가수는 목으로 하고 이류가수는 눈과 귀로하고 일류가수는 몸으로 하고 초일류 가수는 혼으로 노래를 한다!"

가요계에 내려오는 전설 중에 하나였다.

채나는 방금 이 무대에서 혼으로 노래했다.

"푸후후후!"

성 감독이 길게 한숨을 쉬었다.

"그럼 어떻게 하죠? 채나 씨만 무반주로 하라고 해요?"

"립싱크로 가요, 감독님."

채나가 톡 튀어나왔다.

"립싱크요?"

성 감독이 잠깐 멈칫했다가 반짝 눈을 빛냈다.

"채나 씨는 MR에 맞춰 노래를 하고 밴드들은 립싱크로 가자?"

립싱크.

소리를 내지 않고 입모양만 맞추는 것으로 영화나 드라마를 더빙할 때, 혹은 가창력이 딸리거나 목 상태가 좋지 않은 가수들이 흔히 쓰는 방법이었다.

최수민이 미소를 지었다.

"좋은 방법이네요. 오늘만 그렇게 하죠?"

"다음 주부터는 우리도 채나 씨 목소리에 익숙해질 테고 죽어라고 연습도 할 테니 삑사리는 없을 겁니다, 감독님!"

퍼스트 기타 이명철이 단언했다.

"참 별일 다 보겠군요. 가창력 없는 가수들이 립싱크하는 건 수천 번 봤는데 밴드들이 립싱크를 하다니?"

"죄송합니다! 감독님. 저희 실력이 딸려서 그래요."

"아아……. 그건 차후에 논합시다. 밴드들 실력이 딸리는지 채나 씨 실력이 넘치는지! 그럼 다른 가수들과 문제는 없습니까?"

성 감독이 밴드 마스터들을 돌아보며 물었다.

"그분들 보고 음정이나 잘 맞추라고 하세요, 감독님!"

"HA신화 씨는 딴에는 애드립을 한다고 하시는데 자꾸 엇박자가 나요."

끄응! 성 감독이 신음을 토하며 두 손을 번쩍 들었다.

"이번에는 또 가수가 문제군요. 아이고, 좋습니다. 좋아요. 모조리 립싱크로 갑시다!"

"하하하!"

밴드들이 허탈하게 웃었다.
이렇게 채나의 〈우스타〉출연은 리허설부터 문제가 많았다.
아니, 문제의 시작이었다.

3장

가수와 마수

채나의 리허설이 막 끝났을 때 느닷없이 주종실로 홍 본부장과 예능1국장인 양 국장이 올라왔다.

백 차장과 전 PD가 조명감독들과 조명 시설을 점검을 하고 있을 때였다.

"확인해 봤나?"

홍 본부장이 백 차장에게 뜬금없는 말을 던졌다.

"뭐 확인할 필요도 없었습니다. 네이버나 다음에 들어가……."

백 차장이 역시 심복답게 홍 본부장의 말뜻을 쉽게 알아들었다.

홍 본부장은 지금 인터넷을 용광로처럼 달구고 있는 채나의 사격선수 경력을 물어본 것이다.

홍 본부장과 백 차장이 대화를 나눌 때 전 PD가 컴퓨터 화면 하나를 모니터에 띄웠다.

"방금 제가 네이버에 들어가서 채나 킴이란 세 글자를 쳤더니 이런 화면이 떴습니다. 한번 보시죠, 본부장님!"

전 PD가 홍 본부장에게 말했다.

"한국계 미국인. 미국 여자 사격선수. 세계대회와 올림픽에서 수십 개의 금메달을 따낸 슈퍼스타. 지구 최고의 총잡이, 금메달 공장. UCLA 연극영화과 졸업. 한국명 김채나. 미국명 채나 킴. 틀림없군!"

양 국장이 또박또박 화면의 자막을 읽었다.

"정 의심스러우면 미국 사격대표팀 홈피에 들어가 보면 됩니다. 제일 먼저 김채나 양 얼굴이 대문짝만 하게 뜨거든요. 저 얼굴 그대로죠!"

백 차장이 가수 대기실에서 스노우와 장난치고 있는 채나 모습이 떠 있는 모니터를 가리켰다.

"허참! 엊그제 한국마사회 사격단 코치 겸 선수로 입단까지 했다는데 까맣게 모르고 있었으니 원……."

"저도 오늘 아침에 딸년이 미국 사격대표팀 홈피를 보여줘서 알았습니다."

홍 본부장과 양 국장이 마주보며 실소를 머금었다.

"하하! 우리가 사격선수까지 기억할 필요가 있습니까? 지금 김채나 양이 우리 〈우스타〉에 나왔으니까 화제가 되어 세계적인 사격선수였다는 것을 알게 된 거지 〈우스타〉에 출연하지 않았다면 우리는 영원히 몰랐을 겁니다. 굳이 알 필요도 없고요."

백 차장이 웃으면서 채나의 경력이 화제가 된 이유를 설명했다.

"어쨌든 김채나 양은 별 하나 더 달았구먼!"

홍 본부장이 고개를 주억거렸다.

"별 네 개를 달았습니다. 대장(大將)! 그 우리 민족 고유의 성품, 냄비 근성에 기름을 부었으니까요. 어쩌면 김채나 양을 강제로 귀화시켜 인간문화재로 지정하자는 목소리도 나올 겁니다."

백 차장이 쓴웃음을 흘리며 대답했다.

"덕분에 우리 DBS 〈우스타〉의 시청률은 하늘을 날아다닐 거고?"

"예정된 수순이죠 뭐."

"아주 좋아! 다 좋은데 말이야? 그 '다섯 라운드의 경연을 끝마친 가수는 명퇴를 시키자'라고 주장한 놈이 누구야? 거 어떤 놈인지 좀 불러봐. 백 차장!"

"나두 궁금해 죽겠어. 백 차장! 어떻게 생긴 화상인지 얼굴이나 한번 보자고!"

홍 본부장과 양 국장이 으르렁거렸다.

"……!"

백 차장은 이제야 홍 본부장과 양 국장이 헐레벌떡 주조정

실까지 올라온 이유를 알았다.

채나가 아까웠던 것이다.

세계적인 사격선수라는 신원이 밝혀지고 채나의 인기가 업그레이드 되면서 바야흐로 채나 신드롬이 시작되자, 〈우스타〉에 대한 시청자들의 관심이 폭등했다.

한데 그 주인공을 다섯 라운드의 경연, 약 사 개월밖에 써먹지 못하다니?

이 무슨 마른하늘에 날 벼락인가!

인기가 있을 때는 동해물과 백두산이 마르고 닳도록 써먹고 인기가 없으면 가차없이 버리는 게 그동안 누대로 내려온 방송가의 율법이거늘.

바보 같은 놈들이 촐싹대고 별 이상한 규정을 만들어서는…….

"아휴! 아까워."

백 차장과 전 PD가 갈수록 심각해지는 홍 본부장의 잔소리를 한쪽 귀로 흘리면서 죄 없는 손톱만 쥐어뜯었다.

"가수를 혹사시키니 어쩌니 해서… 아니, 가수가 프로야구 선수야 뭐야? 일주일에 노래 한 곡, 아니지, 삼 주에 달랑 노래 두 곡 부르는 게 뭐가 그렇게 힘들어서 혹사니 뭐니 해? 노래 연습? 제길! 그럼 가수들은 평소에 노래 연습 안 한대? 할 거 아냐!"

양 국장이 시작한 잔소리를 홍 본부장이 자연스럽게 이어받았다.

"스트레스? 우리 같은 월급쟁이들이 스트레스를 받는 거지 여기저기서 왕처럼 받들어 주는데 뭔 스트레스를 그렇게 많이 받아? 사실 지들도 TV에 오래 나오면 좋잖아. 인지도도 올라가구 말이야!"

"저, 저기 본부장님! 그건 가수들과 제작진들이 모여서 함께 결정한 부분입니다."

백 차장이 참다못해 변명을 했다.

"알아! 이 사람아. 아쉬워서 하는 얘기야 나두! 자네도 알다시피 이런 프로가 어디 쉽게 떨어지나? 실력만 가지고는 절대 안 돼! 운이 따라줘야 한다구. 과연 채나 같은 애가 당신 정년퇴임하기 전에 다시 나타날까?"

홍 본부장의 잔소리는 양 국장과 달리 현실적이었다.

"다음 세기에도 나타나기 어려울 거라고 하더군요. 전문가들이!"

백 차장이 응급실에 실려 갔을 때 간호사들이 떨던 수다를 그대로 옮겼다.

충무의대 강북 의료원 응급실 간호사들은 모두 가요 전문가였다.

"그러니까 내 말이 채나를 앞세워 이것저것 포맷을 바꿔가면서 한 열 라운드쯤 경연을 하게 하고 명퇴를 시키면 좋잖아?"

홍분부장의 현실적인 잔소리가 끝나고 양 국장이 마무리했다.

"명퇴식도 좀 그럴듯하게 하고 말이야! 꼭 국내뿐만 아니라 해외에 나가 경연도 하면서 약간 식상할 때쯤 빠져도 충분해. 신중히 방법을 생각해 보게. 백 차장!"

─〈우스타〉규정을 바꿔!

오늘의 하이라이트! 양 국장이 결론을 내렸다.
"예! 두 분 말씀 충분히 공감합니다."
"좋아! 수고하게."
홍 본부장과 양 국장이 직원들의 인사를 받으며 주종실을 내려갔다.
백 차장은 정말 공감했다.
할 수만 있다면 채나를 DBS 전속가수로 만들고 싶었다.
〈우스타〉때문이기도 했지만 채나의 노래가 정말 좋았다.
응급실에 실려 가면서도 듣고 싶을 정도로!

"자! 모두 나가 주시기 바랍니다. 가수와 매니저 한 분씩만 남고 모두 공개홀 밖으로 나가주세요. 이 방송은 녹화 분이기 때문에 지금 성적을 발표하면 실제 시청자들은 이틀 뒤인 일요일 날 알게 됩니다. 스포일러를 방지하기 위해……."
백 차장이 마이크를 든 채 무대 위에 서서 열심히 안내방송을 했다.
"아니, 저분들은 왜 안 나가시는 거야? 야, 전 PD! 빨리 내보내!"

백 차장이 전 PD에게 손가락질을 하며 언성을 높였다.

무대 정면에서 10여 미터쯤 떨어진 방청석에 앉아 있던 백여 명의 관객이 고집을 피우고 움직이지 않았던 것이다.

"시간 없어 죽겠는데 뭐야?"

백 차장은 더럭 짜증이 났다.

"지난주 관객들은 협조를 잘해줘서 아주 편했는데 저 사람들은 진짜 피곤하네!"

백 차장이 마이크를 던지며 관객들 쪽으로 걸어갔다.

"차, 차장님! 이분들… 모두… 기절했는데요?!"

전 PD가 관객들을 살펴보며 입을 딱 벌렸다.

"뭐어어어어어어어—?"

백 차장의 눈이 백 촉짜리 전구만큼 커졌다.

집단 패닉 현상이었다.

앵앵앵……

엠브란스가 달려왔다.

웅성웅성!

수십 명의 119대원이 들것에 관객들을 실어 날랐다.

〈우스타〉 제작진들도 허겁지겁 119대원들을 도왔다.

"거참! 일주일에 한 번씩 119대원들을 부르려니까 미안하네 그려. 여기가 무슨 화재 현장도 아니고 우리 방송사하고 자매결연을 맺든가 해야지 원……."

홍 본부장이 현장을 지켜보며 혼자 말처럼 넋두리를 했다.

"걱정하지 마십시오. 본부장님! 저도 당해 봤는데 병원에서 잠깐 안정을 취하니까 금방 괜찮아지더라고요. 하하!"

백 차장이 웃으면서 홍 본부장을 위로했다.

"허헛! 그래? 실전까지 경험했으니 우리 백 차장 〈우스타〉
몇 달 더하면 119구급대원 되겠구만."

"흐흐훗! 소방공무원도 나쁠 거 없습니다."

"다음 주부턴 아예 119대원들과 구급차를 대기시켜놓고 녹
화하게. 잘못하면 큰일나겠어. 알겠나? 백 차장!"

"예! 본부장님."

홍 본부장과 백 차장은 터져 나오는 웃음을 어쩌지 못하고
최대한 표정 관리를 하면서 대화를 나눴다.

세상에서 웃음처럼 참기 힘든 게 없다더니? 정말 힘들었다.

"저거 봐! KBC MBS의 기자들이 개떼처럼 몰려 왔구만. 쟤
들은 신문사 놈들이고! 오늘 밤부터 내일 아침, 아니, 다음 중
평시간까지 또 우리 〈우스타〉에 대한 뉴스로 방송사, 신문사,
인터넷 할 것 없이 몽땅 도배를 하겠지! 으흐흐흐… 아이고! 왜
이렇게 기분이 좋지? 한데 이 원흉은 어디 처박혀서 보이지 않
는 거야? 혹시 겁 먹구 뛴 거 아냐?"

홍 본부장과 백 차장이 채나를 찾아 눈을 돌렸다.

그때, 공개홀 한쪽 구석에서 채나가 씩씩대며 소 PD를 닦달
하고 있었다.

연필신은 킥킥대며 구경하고!

백 차장이 이 장면을 보고 홍 본부장의 눈치를 살폈다. 홍
본부장이 빨리 가보라는 듯 고개를 주억거렸다.

백 차장이 바람처럼 공개홀 구석으로 달려갔다.

"쟤가 왜 저렇게 씩씩대지? 쉽게 화를 내는 애가 아닌데."

홍 본부장도 궁금한 듯 천천히 채나가 있는 쪽으로 걸어갔다.

"아니, 채나 씨! 왜 그렇게 화가 났어? 소 PD가 뭘 실수를 했나?"

백 차장이 다가오면서 은근히 채나를 달랬다.

"진짜 잘 왔어, 백 차장님! 이게 말이 돼?"

채나가 화가 많이 났는지 말이 짧아지기 시작했다.

"뭔데? 일단 말이 되는지 안 되는지 들어보자구."

"글쎄, 이 황소PD 말은 필신이보다 내 출연료가 적다는 거야? 방송사 규정에 의해서."

"뭔 소리냐 소 PD? 갑자기 웬 출연료 타령이야?"

"저 그게요⋯⋯. 채나 씨가 자기 출연료가 너무 적다구 제게 항의해 왔어요. 매니저인 연필신 씨보다도 적다고요."

"그런데?"

"그건 확실히 이상하더라고요. 어떻게 매니저보다 가수 출연료가 적을 수 있지? 그래서 총무국에 문의를 했더니 연필신 씨는 개그우먼 경력이 쌓여 있어서 채나 씨보다 출연료 등급이 높대요. 이렇게 자료도 주던데요!"

소 PD가 황소처럼 큰 눈을 껌벅거리며 서류 몇 장을 내밀었다.

"이히히히!"

연필신이 재미있다는 듯 얼굴을 돌리며 웃었다.

채나가 연필신을 째리며 목소리를 높였다.

"우쓰— 백 차장님! 세상에 이런 이상한 규정이 어디 있어? 난 열심히 노래도 하고 그랬잖아? 필신이는 매니저 없는 날 도와주러 온 거구. 알바를 겸해서 말이야! 근데 어떻게 알바보다도 내 출연료가 적어?"

"크크크크!"

홍 본부장 등 주위에서 구경하던 사람들이 채나의 말을 듣고 재미있다는 듯 웃어댔다.

사실, 〈우스타〉 제작진에서는 출연 가수들에게 서바이벌이라는 프로그램 성격을 감안해서 파격적인 대우를 해줬다.

가수 출연료 외 매니저 한 사람의 출연료와 가수들이 사용하는 노래 연습장 비용 등 부대비용까지 몽땅 지불했다.

한데 신기하게도 알바 나온 매니저보다 출연료가 적은 가수가 탄생한 것이다.

신인가수, 신입사원, 신입 PD, 이 삼 인이 합작한 결과였다.

이들은 아직 눈에 보이는 세상보다 눈에 보이지 않는 세상이 훨씬 넓고 크다는 것을 모르고 있었다.

만약, 채나가 백 차장에게 자신의 출연료를 물어봤다면?

'누가 채나 씨에게 신인가수라고 해요? 가수경력이 15년씩이나 되는 분께! 신경 쓰지 마세요. 제가 본사 규정을 바꿔서라도 합당한 대우를 해 드리겠습니다' 라고 대답했을 것이다. 그리고, 이분께 물어봤다면?

"어허허험!"

백 차장 뒤에서 큰기침 소리가 들렸다.

대한방송사 DBS CEO인 김태형 회장이 비서실장 등 대한방송사 수뇌부들을 대동한 채 묵직하게 서 있었다.

"회장님 나오셨습니까?"

"안녕하세요. 회장님!"

백 차장등이 화들짝 놀라며 인사를 했다.

"쯧쯧! 결국 코미디로 끝나는 드라마였구만."

김태형 회장이 혀를 차며 의미를 알 수 없는 말을 중얼거렸다.

김태형 회장은 방금 전 평생에 한 번 구경할까 말까 한 기가 막힌 단막극을 관람했다.

수십 대의 구급차가 요란한 사이렌을 울리며 방송사로 몰려들 때는 정말 앞이 깜깜했다.

한데, 〈우스타〉 녹화 중에 관객들이 단체로 패닉 현상을 일으켜 119대원들이 출동한 것이라니?

이런 촌극이 있나!

패닉 현상? 정말 오랜만에 들어보는 말이었다.

엘비스, 비틀즈, 레이프 가렛, 프린스, 마이클 잭슨 등 세계적인 슈퍼스타들이 공연할 때 관객들이 너무 흥분해서 미치는 현상……

익히 보고 들었다.

우리나라에도 그런 슈퍼스타가 있었단 말이지?

노래를 불러 관객들을 흥분의 도가니로 밀어 넣고 광란을 하게 만드는 무시무시한 가수가!

그것도 공연장이 아닌 방송사 공개홀에서… 녹화 중에?

김태형 회장은 패닉 현상으로 쓰러져 병원에 실려 간 관객들이 걱정되기보다 그 관객들을 쓰러뜨린 주인공이 더 보고 싶어서 부랴부랴 공개홀로 내려왔던 것이다.

한데, 이건 또 웬 촌극 2인가?

이 문제의 스타가 출연료 몇 만 원을 가지고 PD와 말다툼을 벌리고 있었으니!

정말 코미디로 끝나는 드라마였다.

다른 방송사에서 뭐라고 할까?

DBS에서 연예인들을 착취하고 있다고 하겠지.

백번 그러고도 남는다.

아니, 관객들을 픽픽 쓰러뜨릴 만큼 감동을 주는 가수가 방송사에서 얼마나 대접을 더럽게 하면 출연료 몇 푼 가지고 PD와 싸우겠는가?

가십거리로 딱이다.

그전에 재빨리…….

김태형 회장이 손을 내밀었다.

"소 PD! 그 자료집 좀 줘 보게."

"예! 회장님."

가수 김채나.

상기인(上記人)을 본 방송사 규정에 의거 출연료 등급을 특A1으로 조정합니다.

—대한방송사 원장 김태형

김태형 회장이 자료집 이면지에 싸인펜을 휘둘러 한문과 영어가 섞인 쌍팔년도식 육필명령서를 작성했다.

"당장 이걸 총무국장에 갖다 주게 소 PD! 오늘부터 김채나 양 출연료는 회당 오백만 원이 지불될 걸세."

툭!

소 PD의 눈알이 간단하게 빠졌다.

"불만 없지? 채나 양!"

"우헤헤헤! 역시 우리 회장님이셔."

채나의 출연료 문제는 대한방송사 사주인 김태형 회장이 이렇게 결론을 내렸다.

김태형 회장이 수행원들과 함께 돌아서며 한마디 했다.

"홍 본부장과 백 차장은 즉시 내 방으로 올라오게!"

"예! 회장님."

홍 본부장과 백 차장 등이 허리를 깊숙이 접었다.

"껄껄껄껄!"

김태형 회장이 파안대소를 터뜨렸다.

배석하고 있던 사장, 전무 등 대한방송사 수뇌부들도 웃음을 감추지 못했다.

"그래 그래! 수고들 했어. 어쨌든 그분들도 우리 방송사의 관객 평가단으로 오셨으니 고생은 한 셈이지! 당연히 병원에서 집까지 모셔다 드려야지. 암!"

"그럼요. 우리 방송사 이미지도 있는데…… 끝까지 책임지는 방송사 DBS! 듣기에도 경쾌하지 않습니까?"

오도균 전무가 말을 받자 비서실장이 말을 이었다.

"오늘 경연, 성적 발표는 했나요? 백 차장!"

"예, 실장님! 상황이 복잡하긴 했어도 깔끔하게 마무리했습니다."

"결과는 어떻게 나왔나요? 물론 김채나 양이 일등을 했겠죠?"

"그럼요! 관객평가단 열 명 중 여덟 명이 채나 양에게 표를 던진걸요."

"와우우! 대단하군, 대단해! 열 명 중 여덟 명이 김채나에게 표를 던져? 어떻게 80%의 몰표를 받을 수 있지?"

김태형 회장이 자리에서 벌떡 일어서며 감탄사를 토했다.

"허허…… 90% 이상입니다. 백여 명의 관객이 채나 양 노래를 듣고 정신을 잃어 병원에 실려 갔으니 말입니다."

홍 본부장이 즐겁게 보충설명을 했다.

"으핫핫핫! 그렇구만! 계산이 그렇게 돼! 이건 완전히 김채나 신드롬을 지나 쓰나미일세, 쓰나미!"

"허허헛! 그런 셈입니다. 덕분에 우리 DBS에도 시청률의 쓰나미가 몰려오고 있습니다."

"핫핫핫핫!"

대한방송사 김태형 회장 방에서 계속해서 웃음소리가 터져 나왔다.

*   *   *

일인 일표!

7백 명의 관객 평가단이 공개홀에 모여 여섯 명의 가수가 부르는 노래를 듣고 가장 감동을 준 단 한 사람의 가수에게 표를 던진다.

〈우스타〉 경연의 간단명료한 채점 방식이었다.

"한데 홍 본부장!"

갑자기 김태형 회장이 얼굴을 굳혔다.

"예! 회장님."

홍 본부장이 긴장을 하면서 대답했다.

"거 말 좀 안 나오게 해! 그 출연료가 몇 푼이나 된다고 규정이니 뭐니 하면서 옥신각신하는 거야? 도대체 왜 그렇게 생각이 짧나? 하여튼 요즘 젊은 놈들은……."

"맞습니다! 아까 만약 회장님께서 말씀하지 않으셨다면 제가 나섰을 겁니다."

"소 PD 그 친구, 아무리 젊은 친구라고 하지만 도대체 우리가 지금 얼마짜리 게임을 하는지 영 개념이 없더군요!"

김태형 회장과 함께 비서실장과 전무이사가 쌍지팡이를 들고나섰다.

"피휴휴! 얼굴 뜨거워서 혼났네. 아! 우리 직원들만 있나?
대한민국 기자들이 몽땅 몰려와 있는 판에… 창피해서 원! 두
고 봐. 다른 방송사 놈들이 뭐라고 씹어 대는지? 우리가 김채
나 등쳐먹고 산다고 떠들어 댈 거야. 에잉!"

김태형 회장이 머리를 부여잡고 우거지 인상을 썼다.

"죄송합니다! 전 그저 농담이겠거니 했습니다."

홍 본부장이 급히 사과를 했다.

"허어어— 이 사람? 아직도 이 바닥 밥 더 먹어야겠구만!"

김태형 회장이 손수건으로 땀을 훔쳤다.

"출연료만 등급이 있는 게 아니라 사람도 등급이 있는 게야!
막말로 삼류 연예인들이 출연료 어쩌구 하면 지나가던 개도
안 쳐다봐. 근데 김채나 같은 친구가 출연료를 거론하면 일이
심각해져! 내 말이 틀렸나? 백 차장!"

"아, 아닙니다. 회장님 말씀 지당합니다."

"명심하게! 여기는 도박장 다음으로 돈이 많이 돌아다닌다
는 방송사일세. 그것도 우리 회사는 내가 49%의 지분을 갖고
있는 민영 방송사야. 총알은 내가 준비할 테니까 당신들은 그
저 팍팍 쏘기만 해. 내 말 뜻 알겠나?"

"예예! 회장님."

홍 본부장과 백 차장이 진지하게 대답했다.

"김채나 같은 친구들 총알 쏴주기 좋잖아! 뭐 가수 경력만
경력인가? 아니, 우리 방송사에서 언제 저명인사들을 초대할

때 가수 경력 따졌나? 사회 경력도 경력이야. 비교하긴 뭐하지만 말이 그렇다는 거지! 솔직히 나 같아도 열 받겠어."

콸콸콸······.

김태형 회장이 진짜 열이 받는지 생수를 병째 들고 벌컥벌컥 마셨다.

"아무리 미국 대표선수로 뛰면서 얻은 성과라지만 세계대회니 올림픽이니 하면서 수십 개의 금메달을 딴 슈퍼스타한테 그래······. 막 데뷔한 신인가수 출연료를 줘? 이거 말 되는 거야?"

한번 시작하면 삼박 사일이라는 김태형 회장의 잔소리가 이어졌다.

'멍청한 황소 PD놈! 이 근처 도살장이 어디 있지?'

홍 본부장이 소 PD를 도살장으로 끌고 갔다.

'미치겠군! 저 공포의 회장님 잔소리가 또 시작됐어.'

백 차장이 용기를 냈다.

"저어 회장님! 채나 양이 아까부터 배가 고프다고 해서 회식을 하기로 했습니다?"

"오오! 잘됐구먼."

김태형 회장이 기다렸다는 듯 두툼한 봉투 두 개를 꺼냈다.

"홍 본부장! 이참에 우리 예능본부 식구들 밥 한번 먹어! 여러 가지로 고생들 많았어."

"어이구! 고맙습니다. 회장님!"

"백 차장!"

"예! 회장님."

"〈우스타〉 식구들 회식비에 보태게."

"감사합니다. 회장님!"

"감사는 무슨? 오늘 수고들 많았어. 어서들 나가봐!"

"옛! 회장님."

홍 본부장과 백 차장이 열심히 표정 관리를 하며 회장실을 나왔다.

하지만 백 차장은 더 이상 표정 관리를 할 수가 없었다.

홍 본부장이 의미심장한 미소를 띠며 백 차장을 향해 엄지를 치켜들었다.

"축하하네! 자네 다음 달부터 부장이야. 아까 회장님께서 말씀하시더군."

"저, 저, 정말입니까? 본부장님!"

"정기인사 발령 같은데 아무래도 〈우스타〉를 무시하지는 못하겠지!"

홍 본부장이 〈우스타〉 때문에 백 차장이 승진했다는 말을 에둘러 얘기했다.

"아하하 참… 하하하……."

승진 소식을 들은 백 차장은 괜히 헛웃음이 터졌다.

승진은 조직에서 인정을 받았다는 뜻이다.

인간은 인정받기 위해서 살아가는 동물이다.

백 차장은 잠시 망설였다.

다시 회장실로 들어가 아까 듣던 잔소리를 계속 들어야 하나?

이때, 홍 본부장이 백 차장에게 봉투 하나를 또 밀어줬다.

"이, 이건 또 뭡니까? 본부장님!"

"예능본부장이 〈우스타〉 식구들에게 주는 격려금일세! 뭐 승진 턱을 낼 때 이 돈에서 계산해도 모른 척하겠네."

"하하하하! 정말 감사합니다."

"대신 채나 맛있는 거 많이 사줘. 자네가 따로 용돈도 좀 챙겨주고!"

"……!"

"물론 결제는 회장님이 하실 걸세."

"잘 알겠습니다, 본부장님!"

"내일 보자구."

"예! 본부장님."

백 차장이 정중히 인사를 했다.

*   *   *

42. 43. 44. 45.

이 숫자들의 의미는?

지난주 시청률 전문 조사기관인 미디어 갤럽에서 조사한 결과 〈우스타〉 전국 시청률 42%.

채나가 〈히어로〉 부를 때 순간 시청률 58%.

전 국민의 반쯤이 〈우스타〉를 시청했다는 결론이다.

나이 43에 대한방송사 DBS 제작 부장 백치호!

〈우스타〉 책임PD가 119 구급대원으로 땜방까지 한 결과였다.

드디어 〈우스타〉에 이십 초짜리 광고 44개가 붙었다.

예능 프로 신기록이었다.

그리고 또 하나의 신기록은 〈우스타〉 4라운드 첫째 주 경연의 녹화방송이 나간 뒤 내 주머니 속으로 믿음직한 봉투, 금일봉 45개가 늠름하게 들어왔다.

으흐흐흐……. 42. 43. 44. 45! 죽기 전에는 이 숫자들을 영원히 잊지 못할 거야!

일등으로 당첨된 로또 복권 숫자는 잊을지 몰라도 말이야.

〈우스타〉 4라운드 둘째 주 중간평가 시간.

간단히 말해 쉬는 시간이었다.

〈우스타〉의 치열한 경연시간 중에서 일종의 점심식사 시간 같은 것이었다.

제작진에서 가수와 매니저 한 명씩을 어떤 식당에 초청해 지난주에 받은 스트레스도 풀 겸 식사를 대접하면서 여러 가지 뒤 얘기도 나누고 다음 주에 부를 노래도 들어보는…….

제작진도 가수들도 서로 부담 없는 자리였다.

〈우스타〉 책임 PD인 백 차장은 철저한 민주주의 신봉자라서 중평을 찍을 때 섭외하는 식당조차도 가수들에게 물어본 뒤에 결정했다.

하지만 이번 주에는 단 한 사람에게만 물어 봤다.

그럴 수밖에 없는 것이 자신에게 들어온 45개의 금일봉 중에서 99%가 '채나에게 맛있는 거 좀 사줘'라는 사족이 붙어 있었기 때문이다.

사실, 백 차장은 지난 일주일 동안 여기저기 끌려다니면서 승진 턱을 내느라고 시간이 어떻게 가는지도 몰랐다.

입도 뻥긋하지 않았는데 다음 달에야 명령이 나는 승진 인사를 어떻게들 알고 벌떼처럼 덤벼드는지?

술에 취해 낮인지 밤인지조차 구분이 안 됐다.

윗분들께 받은 총알도 왕창 있겠다, 조자룡 헌 칼 쓰듯 카드를 마구 휘둘러댔다.

그 짠순이 마누라조차도 남자가 너무 쪼잔하면 출세를 못한다면서 새파랗게 날이 선 카드 하나를 내밀었다.

아주 잘 드는 카드였다. 새삼 진급하고 볼일이었다.

어쨌든 오늘도 아침부터 축하 인사를 받았고 지금 그 축하 인사의 주역인 〈우스타 중평〉을 녹화하고 있었다.

채나가 먹고 싶다는 한우갈비 집에서!

근데 양해… 쟤 사회 보러 온 거야? 먹으러 온 거야?

이 새끼가 채나한테 자꾸 말을 시키라니까 뭐하는 거야?

왜 처먹기만 해? 채나가 먹는다구 저도 처먹으면 어쩌냐구! 에이?

백 차장이 〈우스타〉 사회자 서양해를 향해 주먹을 흔들었다.

'채나에게 말을 시켜 임마!'

그때, 채나가 옆에 앉아 갈비탕을 먹는 연필신에게 뭔가 귓속말을 했다.

"푸히히히!"

연필신이 웃음을 터뜨렸다.

사회자인 서양해가 잽싸게 연필신에게 말을 붙였다.

"하하! 두 분만 웃으면 안 되는데 무슨 일이에요? 필신 씨!"

"히히히! 채나가 불안하대요. 이렇게 먹기만 해도 출연료를 주냐고요?"

"하하하!"

출연진들이 웃음을 터뜨렸다.

백 차장이 계속 주먹을 돌렸다.

'봐! 채나한테 말을 시키면 금방 분위기가 살아나잖아? 지금 전국의 시청자들 눈과 귀는 채나의 일거수일투족에 쏠려 있어. 채나가 어떤 말을 하는지 어떤 행동을 하는지 무조건 알고 싶어 한다구!'

―올림픽 세계 대회 미국생활 아무거나 질문!

녹화장에 앉아 있던 작가들이 큼직한 글씨가 적힌 보드 판을 서양해를 향해 치켜들었다.

"하하하! 채나 씨 걱정 말고 드세요. 방송사에서 출연료를 주지 못하면 저라도 드릴 테니까! 근데 미국에서는 갈비찜을 못 먹나요?"

"헤헤! 먹기야 먹지만 이런 갈비찜은 쉽게 먹을 수 있는 게 아니거든요. 이런 맛을 내려면 어휴……."

채나가 식당 저편에서 가스레인지를 앞에 놓고 요리를 하는 요리사를 쳐다보며 귀엽게 엄지를 치켜세웠다. 요리사가 미소를 띠며 고개를 숙여 인사를 했다.

짝!

뒤이어 채나가 예쁘게 생긴 인절미를 보며 박수를 쳤다.

"후아! 이 인절미 정말 맛있게 생겼네?"

채나가 인절미 하나를 집어먹었다.

켁켁켁…….

채나가 콩고물이 목에 걸렸는지 잔기침을 했다.

채나가 인상을 쓰며 한 손으로 목을 부여잡고 다른 한 손으로 종이 상자에서 휴지 한 장을 꺼냈다.

착!

동시에, 휴지를 콜라 병을 향해 번개처럼 휘둘렀다.

쨍그랑! 슈슈슉―

콜라 병이 반쪽으로 잘린 채 바닥에 뒹굴면서 콜라가 분수처럼 치솟았다.

채나가 잘린 콜라 병을 들고 시원하게 마셨다.

끄윽!

채나가 살겠다는 듯 트림을 하며 가슴을 두드렸다.

설명은 좀 길었지만 아주 순식간에 벌어진 일이었다.

"……!"

백 차장 카메라감독 작가 사회자 등 〈우스타〉 전 스태프들의 눈이 거의 동시에 마주쳤다.

먼저, 백 차장이 카메라 감독을 향해 검지를 쏘았다.

촬영을 했느냐는 사인이었다.

카메라 감독이 힘차게 고개를 끄덕였다.

스텐다드 카메라 앵글이 〈우스타 중평〉이 시작될 때부터 지금까지 채나를 향해 고정돼 있었다.

카메라 감독은 아침에 백 차장에게 한 가지 지시를 받았다.

당신은 녹화가 끝날 때까지 무조건 김채나만 찍어!

지난주 녹화 때 119대원들까지 등장하는 희귀한 장면들이 많았지만 정작 시청자들이 궁금해하는 채나가 나오는 화면은 얼마 없었고 엉뚱한 장면들만 찍혀 있었기 때문이다.

지금 그 성과를 거뒀다.

─빨리 질문! 어떻게 콜라병을 땄냐구? 분명 병따개를 쓰지 않았는데 빨리!

작가가 보드판에 질문요지를 써서 재빨리 서양해를 향해 치켜들었다.

"하하……. 채나 씨! 정말 신기한 개인기를 지니고 계시네요. 방금 어떻게 콜라병을 따셨죠? 저는 채나 씨가 병따개를 사용하는 걸 못 봤는데요?"

"헤헤! 꼭 병따개를 써야 병을 여는 건 아니잖아요?"

"물론 그렇죠! 젓가락이나 뭐 기타 날카로운 것으로 병을 따기도 합니다만, 지금 채나 씨는 병을 아예 잘라 버렸잖아요? 그것도 휴지조각으로!"

서양해가 흥분을 하면서 목소리를 높였다.

"이건 〈세상에 이런 일〉이에서 나오는 진기명기 수준입니다."

서양해가 주먹을 움켜쥐며 단언을 했다.

"우헤헤헤! 그 무슨 콜라병 정도를 자르는 것을 가지고 진기명기씩이나? 그리 신기한 재주는 아니에요."

채나가 뭔가 찾는 듯 고개를 좌우로 돌리자 백 차장이 얼른 사인을 보냈다.

전 PD가 잽싸게 큼직한 생수병 하나를 채나 앞에 갖다 놓았다.

채나가 생수병을 쏘아보며 휴지를 날카롭게 접었다.

백 차장이 계속해서 카메라 감독을 향해 검지를 쏘았다.

절대 놓치지 말고 잘 찍어.

이게 바로 예능이야!

이제 가수들과 매니저 등 식당에 모인 모든 사람이 채나의 손을 주시했다.

팟!

공기를 가르는 소리와 함께 이번에는 휴지가 수직으로 그어졌다.

쫙! 콸콸콸…….

수박 깨지는 소리가 들리며 생수통이 위에서 아래로 갈라지면서 물이 쏟아졌다.

와우우우! 짝짝짝!

요란한 환호성과 박수가 터졌다.

―서양해! 정신차리고 계속 채나 씨에게 말을 시켜. 계속!

백 차장이 아예 자신이 보드판에 글을 써서 치켜들었다.

"어구구구! 바로 코앞에서 보고도 믿지 못하겠군요. 이게 무슨 마술도 아니고……. 휴지 조각으로 생수통을 베어버리니? 채나 씨! 이 생수통을 베는 기술도 무술의 일종인가요?"

서양해가 뻔한 질문을 던졌다.

"그렇다면 그렇겠죠! 근데 무술이라고 표현하기에는……. 좀 그렇죠?"

"네! 잘 알겠습니다. 만약 사람이 이런 휴지조각에 베이면 어떻게 될까요?"

서양해가 또 뻔한 질문을 던졌다.

"궁금하세요?"

"네 엄청 궁금하네요 하하하!"

"둘 중 하나죠. 죽거나 이렇게 되거나!"

팟!

채나의 휴지 칼이 이번에는 서양해의 바지 벨트를 스치고 지나갔다.

벨트가 베어지면서 서양해의 바지가 흘러 내려갔고 사각 줄무늬 빤스가 카메라에 크로즈업됐다.

"와하하하하하!"

가수와 매니저등 식당에 모여 있던 모든 사람이 뒤집어졌다.

"컷!"

백 차장이 한 손으로 눈물을 훔치면서 녹화를 중단 시켰다.

"자자……. 삼십 분만 쉬었다 가죠. 도저히 웃겨서 안 되겠습니다!"

서양해가 한 손으로 바지춤을 잡은 채 후다닥 뛰어갔다.

"아하하하……."

다시 식당이 웃음바다로 변했다.

"양해 씨! 줄무늬 빤스 멋진데?"

"그거 어디 거야 은방울 빤슨가?"

"혹시 마누라 꺼 입고 온 거 아냐? 꼬추 쪽이 막혔던데!"

"하하하! 호호호……."

출연자들과 스태프들이 한마디씩 던졌다.

"서양해! 걱정하지 마. 편집하면 되니까!"

"줄무늬 빤쓰만 크로즈업시켜서 내보낼 거야. 얼굴은 뽀샵하고."

백 차장과 카메라 감독이 웃으면서 말을 이었다.

"와하하하하!"

또다시 식당이 뒤집혔다.

이렇게 〈우스타〉 4라운드 경연 〈중평〉이 끝났다.

채나가 휴지칼을 휘둘러 콜라병과 생수병을 자르는 장면과 서양해의 줄무늬 빤스를 보여준 신기 또한 그대로 방영됐다.

진짜 줄무늬 빤스를 크로즈업시켜서…….

전국의 시청자들은 즐거워했고 놀라워했다.

이후 이 장면은 여러 예능 프로에서 재탕 삼탕하면서 방영
됐다.

덕분에 〈우스타〉가 단순히 가요 서바이벌 프로가 아닌 음
악과 노래의 천재들이 출연해 개인기까지 보여주면서 경연을
하는 높은 퀄리티를 자랑하는 버라이어티 쇼로 탈바꿈했다.

당연히 채나는 또 연예 뉴스 톱을 장식했다.

—가수 김채나! 노래솜씨 만큼이나 신기(身氣)한 신기(神技)를 과시!

—가수 김채나! 외계인의 진면목을 보여주다

—김채나! 가수(歌手)인가 마수(魔手)인가?

—가수 김채나! 속옷 회사에서 공로패를 받을 듯?

이와 같은 제목들이 신문, 방송, 인터넷 등를 휩쓸었다.

확실히 채나는 타고난 연예인이었다.

자신도 모르는 사이에 본능적으로 뉴스거리를 만들고 끊임
없이 화제를 불러 일으켰다.

그것도 100% 레알로…….

4장

빌보드 차트의 여왕

김채나 1등, 원일 2등, 남궁수덕 3등, 천인태 4등, 박진호 5등, HA신화 6등.

〈우스타〉 4라운드 경연 첫째 주 성적이었다.

둘째 주 중간평가 시간에는 사회자인 서양해의 줄무늬 빤스가 1등을 했고, 셋째 주 경연의 성적은 거의 첫째 주와 흡사했다.

김채나 1등, 원일 2등, 남궁수덕 3등, 박진호 4등, 천인태 5등, HA신화 6등!

결국 HA신화는 종합 최하위로 탈락의 쓴잔을 마셨다.

그리고, 이미 발표된 대로 고문숙이 치열한 예선을 뚫고 〈우스타〉 5라운드 경연에 합류했다.

예명은 CMK, 본명은 고문숙으로 성량이 얼마나 큰지 인간 스피커라는 별명이 붙어 있었다.

삼십대 여자가수로 창법은 R&B 스타일로 발라드를 주로 불렀는데 미국 미시건 대학교에서 대중음악을 전공한 만만찮은 내공의 소유자로 현재 세화여대에서 음악을 가르치는 대학교수였다.

어느덧, 〈우스타〉 출연진들은 하우스 밴드부터 음악감독, 가수들까지 모조리 국내외 유명대학 출신들에 음악학원 원장부터 대학교수들로 짜여 있었다.

이제 이런 엄청난 스펙이 없으면 〈우스타〉에 명함조차 내밀지 못하는 기묘한 상황이 됐다.

〈우스타〉가 무슨 학술원에서 교수들이 모여 워크샵을 하는 프로도 아닌데 그렇게 흘러갔다.

그럴수록 대중들은 〈우스타〉에 대리 만족을 했으며 더불어 시청률은 고공행진을 계속했다.

〈우스타〉 5라운드 첫째 주 경연은 시청자들의 폭발적인 관심 속에 시작됐다.

첫 번째 주자로 허스키한 탁성과 쳣소리 나는 가성이 특기인 박진호가 나왔다.

세 번째는 대한민국 제일의 라커라는 원일이 나와 공개홀을 뒤집었다.

그리고 새로운 가수 CMK가 다섯 번째로 나와 엄청난 성량

을 뽐내면서 채나 순서가 됐고,

그렇게 〈우스타〉 5라운드 첫째 주 경연이 마무리되는 듯했다.

언제나 그렇듯 또 채나가 문제였다.

채나는 지난 4라운드에서 1등을 했기에 그 인센티브로 마지막 경연순서를 택해 〈거꾸로 흐르는 강물을 따라서〉라는 조금 어려운 제목의 노래를 불렀다.

이 전형적인 포크 락의 노래는 관객들에게 엄청난 감동을 주면서 DBS 대공개홀을 저 멀리 미국 서부의 광야로 옮겨 놨다.

채나의 노래가 막 끝났을 때, 갑자기 관객들이 채나를 연호하며 앙코르를 청했다.

'이 사람들이 지금 장난하나? 경연무대에서 무슨 앙코르를 청해?'

나흘 전에 차장에서 부장으로 진급한 우스타 CP인 백 부장은 어이가 없었다.

한데, 앙코르를 청하는 관객들의 기세가 심상치 않았다.

점점 목소리가 고조되면서 앙코르를 안 들어주면 폭동을 일으킬 기세였기에 백 부장이 대기실로 달려가 채나에게 사정을 했다.

채나가 흔쾌히 허락했다.

백 부장은 부장으로 승진한 첫 주부터 사고를 치고 싶지 않았다. 관객들의 요청을 들어주고 편집하면 그뿐이었다.

채나가 먼저 자신의 노래 〈히어로〉를 불렀다.

이어 번개처럼 의상을 바꿔 입고 나와 예의 마이클 잭슨의

〈빌리 진〉을 불렀다.

―쿵쿵쿵… 빌리 진… 빌리 진…….

"히히히!"

연필신이 킥킥대며 무대아래 서서 〈빌리 진〉을 부르는 채
나를 지켜봤다.

"경연장에서 앙코르 곡을 두 곡씩이나 불러? 그럼 다른 가
수들과 어떻게 점수를 계산해야지? 수학 선생님 출신인 나도
계산을 못하겠네! 어쨌든 신난다. 신나! 이 〈우스타〉 무대는
완전 채나 콘서트장이야. 빌리 진! 빌리 진! 빌리 진!"

연필신이 웃으면서 빌리 진을 부르며 몸을 흔들면서 채나를
따라 춤을 추었다.

"그래! 재미있게 가보자, 재미있게 가봐! 원래 예능 프로니
까 재미있게 가보자구!"

백 부장이 쓴웃음을 지으며 머리통을 북북 긁었다.

―빌리 진…….

채나가 무대에서 노래를 부르며 빠른 비트에 맞춰 춤을 췄
다.

"그러네? 김채나! 당신은 경연 프로에서도 앙코르 송을 부를 충분한 자격을 갖췄어. 도대체 저렇게 격렬하게 춤을 추면서도 한 호흡 놓치지 않구 노래를 부르다니? 역시 노래 귀신이다!"

백 부장이 고개를 끄덕였다.

—빌리 진!

채나가 앤딩 부분을 끝내며 모자를 벗어 객석에 던졌다.

"와아아아아!"

팍!

환호성과 동시에 무대의 조명이 완전히 꺼졌다.

그리고 삼 초 후에 다시 켜졌다.

와아아아아! 짝짝짝!

관객들이 환호성을 터뜨리며 일제히 일어서서 공개홀이 무너져라 박수를 쳤다.

채나가 미소를 띤 채 특유의 건달 걸음으로 무대 위로 걸어 나왔다.

이때, 백 부장이 한손을 번쩍 들었다.

꽈다다당!

기다렸다는 듯 객석의 복도 쪽에 앉아 있던 관객 서너 명이 거품을 토하며 굴러 떨어졌다.

"빨리 들것에 옮겨! 어서 구급차로 모시고 나가! 어서—"

백 부장이 손가락질을 하며 소리쳤다.

〈우스타 스태프〉이라고 쓰인 티셔츠를 걸친 십여 명의 청년이 들것에 관객들을 옮긴 후 번개처럼 공개홀 밖으로 나갔다.

"우히히! 오늘이 며칠인데 민방위 훈련을 하지?"

연필신이 쓴웃음을 흘렸다.

"아주 기절해서 실려 나가는 게 일례행사야 행사! 백 부장님은 노련한 민방위 대장님이시고."

잠시 후, 백 부장이 장내를 수습한 뒤 무대에 올라가 마이크를 잡았다.

"후우! 고맙습니다. 관객 평가단 여러분! 이제 오늘 〈우스타〉 5라운드 첫째 주 경연이 모두 끝났습니다. 질서 있게 나가시면서 가장 감동을 줬던 가수 한 분을 선정해서 투표구에 넣어주시고 귀가 해주십시오."

백 부장이 관객들에게 인사를 하고 연필신과 함께 대기실로 걸어가는 채나 뒤를 급히 쫓아왔다.

"채나 씨! 고마워! 고생했어."

"혜! 고생은 부장님이 했지. 나야 노래 몇 곡 부른 거밖에 더 있어?"

'확실히 이 친구는 매력이 있어. 사람을 아주 편하게 해주거든……'

백 부장이 새삼스럽게 채나를 흘어봤다.

"근데 부장님! 오늘 채나가 부른 앙코르 송은 어떻게 되는 거예요? 편집하나요?"

"무슨 소립니까?! 필신 씨! 우리 〈우스타〉는 예능프롭니다."

연필신의 질문에 백 부장이 펄쩍 뛰었다.

"그렇게 재미있고 감동적인 장면을 편집하다니요? 그대로 내보냅니다. 그대로…… 아까 관객들이 굴러 떨어지는 장면과 우리 직원들이 들것에 실어서 구급차에 싣는 장면까지! 하나도 빼지 않고 내보낼 겁니다."

백 부장은 아까 채나가 〈빌리 진〉을 부를 때 생각을 바꿨다. 홍 본부장이 늘 강조하는 〈우스타〉는 예능 프로고 재미가 첫 번째라는 말이 떠올랐기 때문이었다.

"헤헤헤! 그럼 내가 앙코르 송 부른 거 보너스 주는 거야?"

"당연히— 관객들이 소란을 피우는 와중에서 노래를 하셨으니까 생명수당도 포함해서 지불하겠습니다. 평소 출연료에 세 배쯤 될 겁니다."

"우헤헤헤헤헤! 확실히 우리 차장님 부장님 되더니 멋있어 졌어. 나 회장님 보면 우리 부장님 국장님 시키라고 강력하게 건의할 거야. 이씨!"

"채나 씨도 참? 부장 진급한지 며칠 됐다고 그래요? 부국장, 국장 대우 하세월입니다."

백 부장이 싫지 않은 표정으로 대꾸했다.

"흥! 세월이 진급시켜 주나? 실력으로 하는 거지!"

채나가 콧방귀를 날렸다.

"하하하! 고마워요. 뭐 채나 씨 같은 분들이 옆에서 도와주면 별도 쉽게 달겠죠. 자자! 잠깐 성적 발표하는 거 듣고 밥 먹으러 갑시다."

내가 채나 매니저를 하면서 누누이 느낀 것은 채나는 분명히 외계인이라는 것이다.

지구인의 상식으로는 절대 이해할 수 없는 인간이기 때문이다.

인간이 신기해서 그런지 그 주위에서도 신기한 일이 왕왕 벌어진다.

지금도 봐라!

가수가 노래를 불렀는데 무슨 생명수당을 줘? 전쟁터에서 노래를 불렀나? 아니면, 낙하산을 타고 하늘에서 뛰어내리며 불렀나?

더욱 웃기는 것은 채나가 그런 점을 아주 자연스럽게 받아들인다는 것이다.

한 가지 더!

방금 채나가 진급한 지 일주일도 안 된 백 부장님에게 국장으로 추천하겠다는 말을 꺼냈다.

이런 말은 누구나 접대용 멘트 혹은 쓸데없는 농담으로 말하고 듣는다.

채나는 절대 아니었다.

틀림없이 채나는 DBS 김 회장님을 만나면 말할 것이다.

이것이 채나의 무서운 매력이었다.

한 번 입에서 나온 말은 농담이든 진담이든 반드시 지켰다.

덕분에, 훗날 우리나라 연예계를 좌지우지하는 〈채나사단〉이 아주 자연스럽게 만들어졌고!

〈우스타〉 5라운드 첫째 주 경연은 또 이렇게 끝이 났다.

당연히 1등은 생명수당까지 받은 채나였고, 2등은 한국 락커의 자존심 원일, 3등은 천인태, 4등은 남궁수덕, 5등은 첫 출연한 CMK, 꼴찌는 박진호가 차지했다.

* * *

씩씩씩!

채나가 트레이닝복 차림으로 알루미늄 야구 방망이를 한 손에 든 채 흡사 광화문에 있는 이순신 장군 동상 같은 자세로 우뚝 서 있었다.

"새끼들아! 내가 유부녀라고 했어? 안 했어?"

"했습니다!"

채나가 지옥에서 막 도착한 저승사자 같은 음산한 음성을 흘리자 체육관 바닥에 머리통을 박고 있던 사내애들이 우렁차게 대답했다.

"그런데도 찝쩍대?"

"……."

"뭐? 〈우스타〉 5라운드에서 1등한 거 축하해 줘? 말은 잘해요! 새끼들이 그리고는 술 처먹고 노래방 가자고 꼬셔서 더듬이나 세우고 말이야?"

퉤엣!

채나가 손에 침을 뱉으며 야구방망이를 움켜쥐었다.

"누나가 세상에서 제일 나쁜 놈이 어떤 놈이라고 했지?"

"연약한 여자를 괴롭히거나 협박하고 성추행이나 성폭행
하는 놈들이라고 하셨습니다."

이십여 명의 사내애가 일제히 대답했다.

"그걸 아는 새끼들이 이 연약한 누나를 희롱해? 모두 똥꼬
에 힘줘!"

"……!"

뻑 뻑 뻑 뻑!

윽! 윽!

큭큭큭!

채나의 야구방망이가 풀 스윙되면서 사내애들의 엉덩이를
두들겼다.

아주 익숙한, 수도 없이 많이 때려본 솜씨였다.

거의 프로 야구선수들에게서나 찾아 볼 수 있는 힘차면서도
부드러운 스윙이었다.

채나가 미국특수 부대에서 알바를 뛰면서 연마한 스윙이었
다

"꽃피는 동백섬에 봄이 왔건만—"

그때, 강 관장이 등록상표인 꽃무늬 남방을 걸친 채 알딸딸
하게 취한 얼굴로 십팔번인 〈돌아와요 부산항〉을 힘차게 부르

며 강동주 체육관이 있는 언덕을 올라 왔다.

"자식들아! 누나가 좀 예쁜 건 사실이지만 너희 같은 코흘리
개들한테 성추행 당하면 엄청 열 받는다니까. 똥꼬에 힘!"

휙익! 다시 채나의 야구방망이가 허공으로 솟구쳤다.

"크크크! 우리 여신께서 왜 저렇게 화가 나셨을까? 그 천사
의 목소리가 유리창 깨지는 소리로 변했네!"

강 관장이 까치발을 든 채 창문 너머로 체육관 안을 쳐다봤
다.

"과, 관장님이 누나 좀 말려주세요! 저러다가 애들 다 죽이
겠어요?"

올해 인천체고 2학년인 우식이가 울상을 짓고 강 관장 뒤에
서 손을 비벼댔다.

"오! 우식이구나? 오냐! 사건의 전모를 밝혀 봐라. 그럼 구
해주마!"

강 관장이 우식이의 어깨를 툭툭치며 말했다.

"누나가 〈우스타〉 5라운드에서 또 1등을 해서 애들끼리 축
하 파티를 해주는데, 오 코치님하고 최 트레이너님이 끼어들
어서 술 먹고 누나한테 진드기 붙다가……."

우식이가 이실직고를 했다.

"흐흐흐! 거기까지! 훤하게 그려진다. 아주 훤하게 그려져!
근데, 오 코치 놈은 왜 안 보이냐? 어디 갔어?"

강 관장이 펀치 드렁크에 시달리는 사람답지 않게 번개처럼
상황을 파악했다.

"광명병원 응급실에 실려 갔어요. 턱하고 갈비가 나갔대요!"

"채나한테 맞았냐?"

"예예! 애들이 말리지 않았으면 오 코치 죽었어요! 누나가 딱 두 방 줬어요. 이렇게……."

우식이 채나 폼까지 흉내 내며 리얼하게 설명했다.

"최 트레이너는?"

"김열 정형외과에 있어요. 어깨가 부러져서 깁스해요!"

"으흐흐흐! 걔두 채나한테 깨졌냐?"

"살짝 맞은 것 같은데 입에 거품을 물고 엉금엉금 기더라고요."

강 관장이 우식이의 머리를 쓰다듬었다.

"오냐! 잘 알았다. 이제 넌 마음 놓고 채나 누나 콘서트나 구경해라."

땡그랑!

채나가 야구방망이를 던졌다.

"썅! 힘만 드네. 열만 더 받고! 기상!"

"기상—"

이십여 명의 사내애들이 벌떡 일어났다.

"엉덩이 몇 대 패고 말려구 했는데 영 끓어서 안 되겠어!"

뿌드득…….

채나가 손가락 관절을 풀었다.

사내애들이 하얗게 질렸다.

아까 오 코치와 최 트레이너를 병원으로 보낼 때 보여준 동작이었다.

뺑호가 깐철이 옆구리를 쿡쿡 찔렀다.

깐철이가 뺑호를 째리며 엉거주춤 한 손을 들었다.

"뭐야? 깐철이 임마!"

채나가 깐철이를 째렸다.

깐철이의 원래 이름은 심병철이었다.

워낙 깐죽대길 잘해서 별명이 깐철이였다.

서울체고 2학년에 재학 중이었는데 지난달에 열린 회장기 쟁탈 전국 아마추어복싱 선수권대회에서 준우승을 해서 이미 한국 체육대학에 스카웃된 유망주였다.

"저기…… 꼭 드릴 말씀이 있는데요. 누나!"

"말해! 시키야!"

"진짜 누나를 우습게 보거나 깔려구 하는 말이 아니에요. 절대 오해하지 마세요. 누나!"

깐철이가 두 손을 흔들며 빠르게 말을 뱉었다.

"이 새끼가 또 깐죽대는 거야? 가뜩이나 열 받는데!"

"그, 그게 아니라 누나가 뭔가 착각하시는 것 같아서 누나를 신처럼 존경하는 광신도로서 드리는 말씀이에요."

"뭔 프롤로그가 그렇게 길어 임마! 용건만 간단히!"

"누나가 무대에서 노래를 부를 땐 정말…… 어휴! 여신처럼 보이고 진짜 막 가슴이 쾅쾅 뛰고 완전 슈퍼 울트라 캡 짱이에요! 그치만 누나를 체육관에서 보면 별 매력이 없거든요."

"……!"

"키도 작고 성질도 더럽고 말투도 살벌하고……. 뭐 약간 귀여운 건 있지만 내 여친보다 훨 못해요!"

"크큭큭! 역시 우리의 호프 깐철이다!"

지켜보던 강 관장이 뒤집어졌다.

'아후! 저 미친놈! 채나 누나 뒤끝이 얼마 긴데 그걸 어떻게 감당하려구?'

이 강동주 체육관에서 채나의 성격을 제일 잘 아는 사람이 우식이였다.

"야! 깐철이! 너 지금 이 누나 희롱하는 거지? 그치?"

채나의 눈에서 살기가 튀었다.

"아, 아니, 사실을 말씀드리는 거예요! 그러니까 제 말의 결론은 누, 누나가 우리가 추행하고 희롱할 만큼 그렇게 예쁘거나 매력적인 여자가 아니라는 거죠."

깐철이가 화들짝 놀라 말을 더듬었다.

"뭐어어어어?"

채나의 코에서 뜨거운 김이 쏟아졌다.

"야! 니들두 말해. 이럴 때 말해야 누나가 오해를 안 한다구! 누나는 자기가 엄청 예쁜 줄 안단 말이야?"

"마, 맞아요. 깐철이 말처럼……."

뺑호와 뺀주가 깐철이 말에 동의했다.

"으흐흐! 니들두 깐철이 말처럼 이 누나가 매력이 없다 이거지?"

채나는 이제 코에서 뿐이 아니라 눈에서도 김이 새어 나왔다.

"에에! 가수나 운동선배로는 무쟈게 존경하지만 여자로서는 아니에요."

"우린 〈태황비〉에 나온 박지은 누나가 좋아요. 오우! 예쁜 지은이 누나!"

"오 코치님도 술 먹어서 그렇지 맨 정신으로는……."

"누나 봐요? 내 말이 맞죠? 애들 다 그렇게 생각해요. 근데 왜 우리가 누나를 성추행하고 희롱하겠어요?"

뺀주와 뺑호가 동조하자 깐철이가 이때다 하고 못을 푹 박았다.

채나의 가슴 깊이! 깊이!

"새끼들! 네놈들은 단체로 김채나라는 인간을 모욕했다. 결투닷!"

팍!

채나가 트레이닝복을 벗어 던지며 몸을 풀기 시작했다.

'X 됐다! 진짜 열 받았어, 누나! 열 받으며 몽땅 죽음인데?'

'저 미달이 삼 형제 때문에 개작살났다!'

애들이 새파랗게 질렸다.

"한꺼번에 덤벼! 이제부터 나를 한 대라도 때리는 놈은 용서해 준다."

채나가 사내애들을 노려보며 흡사 권투 선수 같은 폼을 잡으며 빠르게 스텝을 밟았다.

"지, 진짜예요? 누나!"

"주먹이든 발이든 몽둥이든 무엇이든 동원해서 나를 때려봐! 그놈은 열외다. 깐철이부터 와!"

깐철이 주먹을 쥔 채 스탠스를 넓혔다.

'죽기 아니면 살기다! 한 대야 못 때리겠어? 누나도 우리 엄마처럼 여잔데?'

뺀주와 뺑호도 깐철이와 똑같은 생각을 하면서 깐철이와 비슷한 폼으로 천천히 채나를 향해 다가왔다.

깐철이가 생각한대로 채나도 깐철이 엄마처럼 여자였다.

단지 깐철이 엄마는 지구인이었고, 채나는 외계인이었다.

파팍!

깐철이가 채나의 얼굴을 향해 번개처럼 스트레이트를 뻗었다.

채나가 얼굴을 틀며 깐철이 주먹을 흘렸다.

칵!

채나의 손바닥, 정확히 오른손 손목 관절이 깐철이 관자놀이를 때렸다.

깐철이의 몸이 기우뚱할 때 뺀주와 뺑호의 주먹이 채나의 얼굴과 복부를 쳤다.

채나가 두 주먹사이를 연체동물처럼 빠져나가며 왼손 손목 관절과 오른손 팔꿈치 관절로 뺀주와 뺑호의 턱과 목을 때렸다.

꽈다다당!

간철이 한 박자 늦게 바닥에 쓰러지고 뺀주와 뺑호가 뒤를 이었다.

사내애들이 채나를 사방에서 포위하며 빠르게 주먹을 날렸다.

채나가 흡사 살모사처럼 사내애들이 날리는 주먹 사이를 유연하게 빠져나가며, 엄지와 집게 손가락 사이, 팔목 관절, 팔꿈치 관절과 어깨 관절 등을 이용해 사내애들을 타격했다.

약 3분쯤 지났을까?

이십여 명의 사내애 중 서 있는 사람은 아무도 없었다.

"……!"

강 관장의 눈이 성형 수술을 하지도 않았는데 쌍꺼풀이 졌다.

'단 3분! 1라운드 만에 이십여 명이나 되는 애들을 모조리 눕혔어? 저놈들이 고삐리긴 하지만 아마추어 복싱의 강자들인데!'

척!

다시 채나가 야구방망이를 집어 들었다.

"기상!"

채나가 째진 음성을 날렸다.

간철이를 비롯한 사내애들이 기계처럼 일어났다.

"하쭈! 동작 봐라? 입 동작하고는 정반대야."

채나가 야구방망이를 든 채 몸을 돌렸다.

"지금부터 도덕산까지 왕복달리기다. 따라와!"

타타탁!

사내애들이 순식간에 이열 종대로 줄을 맞춰 채나를 따라 뛰기 시작했다.

채나가 야구 방망이를 든 채 맨 앞에 서서 광명시청 쪽을 향해 뛰어갔다.

"뛰면서 노래한다! 노래는 인기가수 김채나 씨의 〈히어로〉! 하나, 둘, 삼, 넷……."

—아주 많이 사랑했죠. 밤새 얘길 나누고…….

채나가 선창을 하자 사내애들이 힘차게 따라 불렀다.

"카카카캇!"

강 관장이 채나 등이 뛰어가는 모습을 쳐다보며 박장대소를 했다.

"정말 볼수록 멋진 놈이야! 아주 내 맘에 딱이야. 딱!"

강 관장이 몸을 비틀거리며 연신 웃어댔다.

"어디서 저런 놈이 튀어나왔지? 정말 화성에서 왔나? 내일은 표기종이한테 가서 큰절이라도 해야겠어."

이때, 우식이가 운동화 끈을 졸라맸다.

"녀석아! 넌 쉬어도 돼!"

강 관장이 우식이를 보며 웃었다.

"안 돼요! 누나가 땡땡이 친 거 알면 바로 사망이에요."

우식이 허겁지겁 뒤쫓아 갔다.

"아핫핫핫!"

강 관장이 우식의 뒤 모습을 바라보면서 또다시 웃음을 날렸다.

"이 강동주가 세계 챔피언으로 국위를 선양했더니 조상님께서 홍복을 내리셨구만!"

강 관장이 연신 너털웃음을 흘리며 체육관으로 들어갔다.

따르릉…….

강 관장의 품에서 전화벨이 울렸다.

"핫핫핫! 오냐 오냐! 나두 오늘에서야 알았어. 채나 노래가 빌보드 차트에 올라가 있다는 거!"

강 관장이 구두를 신은 채 링 위에 주저앉아 통화를 했다.

"송현우? 그럼 잘 알지! 내가 가수한다구 촐싹댈 때 갠 십대 가수였어. 엄청난 스타였지. 내가 세계 챔피언 먹으니까 그때 아는 척하더라고!"

강 관장이 휴대폰을 든 채 링 위에 벌렁 누웠다.

"언제 기회 되면 미국 〈보름달〉에 가서 송현우한테 술 한잔 사야지! 내 대신 채나를 키워준 거나 마찬가지니까. 핫핫핫……. 암! 위대하신 DBS 예능본부장 각하께서 까라면 까야지! 언제든지 뭉치자구. 이 강동주는 홍 본부장 각하 기쁨조예요!"

강 관장이 무지무지 기분이 좋은 듯 구두를 힘차게 벗어 던졌다.

철썩!

구두 짝이 마침 체육관으로 들어오던 채나 앞에 떨어졌다.

"이, 이건 또 웬 개구두짝이야?"

채나의 얼굴이 일그러졌다.

'허걱! 누군지 내일 아침에 주민센터에 가야겠다. 사망신고 하러.'

따라 들어오던 깐철이 입을 딱 벌렸다.

"푸후! 술 냄새? 이 냄새만 맡아도 이 구두짝 범인이 누군지 알겠어."

채나가 사뿐히 링 위로 뛰어 올라갔다.

"이봐! 강 관장! 이 신성한 체육관에서 뭐하는 거지? 당장 링에서 안 내려가?"

채나가 한 손에는 구두 한 손에는 야구방망이를 든 채 소리쳤다.

"흐흐흐! 그래? 요즘 대한민국에서 최고 잘나가는 가수! 세계 정상의 디바! 김채나 씨가 지금 내 앞에 계시다. 마이크대신 큼직한 야구 방망이를 들고! 으흐흐! 끊자!"

강 관장이 휴대폰을 품속에 넣었다.

"이보셔? 동주 오빠! 둘 중에 하나를 택하시지. 올라가서 주무시든가 아니면 이 구두짝에서 기름 나올 때까지 맞든가?"

채나의 입에서 냉기가 쏟아졌다.

"오냐 오냐! 네 오빠는 집으로 올라가마. 너는 당장 여의도로 가!"

"여의도?"

"홍 부장이 너 이쁘다고 한우갈비 사준댄다."

"한우 갈비를? 정말?!"

땡똥땡!

깐철이가 사건이 끝나는 종을 쳤다.

'에효효효! 이제 살았다 살았어!'

'채나 누나가 죽고 못 사는 한우갈비 등장. 비상사태 끝!'

깐철이를 비롯한 사내애들이 길게 한숨을 내쉬었다.

"자식이 속고만 살았나? 나도 가야 될 자리 같은데 이렇게 만땅이 됐으니 가나마나고! 구로동 껑다리 아줌마 불러서 같이 가."

강 관장이 집어 던졌던 구두 한 짝을 다시 신으며 말했다.

"네! 관장님."

채나가 공손히 인사를 했다.

놀랍게도 한우갈비라는 단 한마디에 허옇게 얼음이 얼었던 채나의 얼굴이 아주 빠르게 녹아 내렸다.

"애들아… 마무리 운동해야지? 뺀주하고 뺑호는 잡담 그만 하구."

목소리조차 버들강아지처럼 변했다.

"예예! 누나!"

"아자자자!"

깐철이와 뺀주가 마주보며 주먹을 불끈 쥐었다.

"으흐흐흐……."

강 관장이 쓴웃음을 터뜨렸다.

"저놈은 그저 한우갈비가 쥐약이야."

    *   *   *

연필신은 일이 없는 날은 홈페이지 검색이 일이었다.

방송 삼사는 물론이고 케이블 방송과 지방방송 등의 홈피와 여러 대기업의 홈피까지도 철저하게 검색을 했다.

검색을 하다 보면 언뜻 개그소재도 떠오르고 생활에 꼭 필요한 수많은 정보를 얻을 수 있었다.

당연히 수첩에 꼼꼼히 기록했고!

대기업 같은 경우는 행사가 꽤 많은데 정보를 파악한 후 슬쩍 인맥을 통해 연락을 하면 콜이 오기도 했다.

특히 메이저 방송 삼사의 홈피는 철저하게 체크를 했다.

방송 삼사에서는 시도 때도 없이 여러 예능 프로를 신설하고 개편했다.

그때 PD들에게 아이디어와 스펙을 넘겨주면서 출연 부탁을 하면 PD들도 진지하게 검토를 한 뒤 연락을 주곤 했다.

지금 출연하는 〈구로동 꺽다리 아줌마〉도 그래서 얻은 코너였다.

물론, 수시로 방송사를 드나들면서 눈도장 찍는 것은 기본이었구!

연필신은 KBC공채 출신으로 오래전에 전속계약이 끝난 그저 그런 개그우먼이었기에 다른 연예인들보다 더욱 열심히 발품과 머리품을 팔아야 했다.

사실 연필신처럼 평범한 개그우먼들이 가만히 앉아서 배역을 기다리기에는 우리나라 연예계 환경이 너무 열악했다.

연필신이 네이버에 들어가 연예계 뉴스를 점검하고 마악 나오려 할 때, 실시간 검색어 순위에 아주 잘 아는 이름이 떠 있었다.

그것도 1위로!

김채나 빌보드 차트! 1위!

"......!"

끼끼낏!

연필신의 머리가 빠르게 회전했다.

"왜 내가 그동안 이걸 생각 못했지? 채나 노래 실력이면 빌보드 차트에 오르는 것도 무리는 아니야. 아니, 남아! 남아!"

연필신이 소나기가 쏟아지듯 키보드를 두드렸다.

"더군다나 채나는 미국에서 살다 왔잖아? 대학도 미국에서 졸업했고 사격선수 생활도 미국에서 했고! 당연히 미국 어디선가 노래를 불렀겠지! 사람들 앞에서 노래 부르는 것을 밥 먹는 것보다 더 좋아하는 앤데……."

빌보드 차트란 미국에서 유행하는 모든 대중가요의 순위를 메기는 일종의 미국 대중가요 성적표 같은 것이었다.

아주 다양한 분야로 나누어 순위를 발표했는데 우리는 두 분야만 알면 대충 궁금증이 해소된다.

앨범 판매 순위를 나타내는 〈빌보드 200〉.

노래의 인기 순위를 나타내는 〈핫100〉.

놀랍게도, 채나가 부른 〈히어로〉가 빌보드 싱글 메인 차트인 〈핫100〉의 금주 4위를 차지하고 있었고 케인과 듀엣으로 부른 〈디어 마이 프랜드〉가 10주간 1위를 고수하고 있었다.

"세상에! 세상에! 내 친구 김채나가 먹보 김채나가 빌보드 차트 정상에 올라 있는 그런 가수였어??"

연필신이 영어가 빽빽이 쓰여 있는 모니터를 살펴보며 어쩔 줄을 몰랐다.

현재, 빌보드 싱글 메인 차트인 〈핫100〉의 금주 4위에 오른 〈히어로〉는 채나가 〈우스타〉에 나와 몇 번 부른 뒤 국내의 각 방송사 인기가요 차트를 싹쓸이하고 있었다.

하지만 케인과 뚜엣으로 불러 빌보드 차트의 정상을 차고 있는 〈디어 마이 프랜드〉는 노래 성격상 채나가 〈우스타〉 리허설에서 〈사랑하는 친구에게〉라는 곡으로 편곡해 딱 한 번 부른 적이 있었다.

당연히 국내 팬들은 〈히어로〉는 잘 알았지만 〈디어 마이 프랜드〉란 노래와 케인이라는 남자가수(?)는 생소했고 국내 가요 프로 차트에서도 전혀 찾을 수가 없었다.

한 사람, 채나의 친구인 연필신은 예외였다.

채나와 대화를 할 때 정말 짜증이 날 만큼 많이 등장하는 인물이 케인이었다.

세계에서 제일 똑똑하고 제일 잘생긴 울 오빠, 울 앤, 울 오빠, 울 앤······.

심지어 연필신은 그 안 되는 노래로 〈디어 마이 프랜드〉에서 케인이 부르는 파트를 맡아 채나와 함께 여러 번 불러 본 적도 있었다.

욕을 바가지로 먹고 머리통을 쥐어박히며!

"잘 찾아보자! 혹시 채나랑 내가 부른 〈디어 마이 프랜드〉 버전이 올라와 있을지도 몰라? 우히히히히히!"

연필신이 모니터에 떠 있는 빌보드 차트를 살펴보며 몸을 마구 흔들었다.

사실, 역대 우리나라 뮤지션들 중에 빌보드 차트의 〈빌보드 200〉이나 〈핫100〉에 하위권에라도 랭크된 가수는 아주 희귀했다.

왜 그렇게 희귀할까? 우리나라 가수들은 모조리 음치인가?

많은 이유가 있었지만 그중 가장 큰 이유는 언어의 장벽이었다.

노래가 미국에서 유행하려면 한국어가 아니라 영어로 불러야 할 테니까!

'헐… 한글 맞춤법도 다 모르는데 무슨 영어로 노래를 해?'

맞는 말이다!

다른 나라 언어로 노래를 부르려면 먼저 그 언어에 능통해야 한다.

물론 가사를 외워서 부를 수도 있지만 그건 임시방편일 뿐이다.

어딘지 모르게 발음이 새면서 어색하고 감정이 살지 못한다.

채나는 한국어보다 영어에 익숙한 가수였다.

"오오오! 세계 톱 가수 김채나! 세계 정상급 디바 김채나! 정녕 디어 마이 프랜드다!"

연필신이 두 주먹을 흔들며 감격에 겨운 목소리로 외쳤다.

물론, 지금 연필신의 말처럼 빌보드 차트 1위에 올랐다고 해서 세계 톱 가수라고 단정 지어 말할 수는 없었다.

하지만 누가 뭐래도 미국 대중가요 시장은 세계에서 가장 넓고 컸다.

당연히 미국에서 1위를 하면 세계 1위로 가는 것은 아주 자연스러운 수순이었다.

"후우우우— 우리 귀염둥이 먹보가 대단한 줄은 알았지만 빌보드까지 점령할 줄이야?"

연필신이 연신 감탄사를 토하며 키보드를 콩 튀기듯 두드렸다.

그리 길지 않은 영어실력을 총동원해서 미국의 메이저 방송의 팝송 프로그램들을 이 잡듯 뒤졌다.

결국 ABC방송에서 한국계 미국인 에드워드 송이란 사람과 인터뷰하는 장면을 찾아냈다.

―당신을 케인과 채나가 초상권 침해나 지적소유권 침해 등으로 고소할 수도 있는데?

―두 분이 고소를 하신다면 기쁘게 벌을 받겠다. 내가 좋아서 저지

른 일이니까! 그리고 나도 맞고소를 할 것이다. 신의 목소리를 가지고 대중들을 속여 온 사기죄, 아직도 TV 같은 공개석상에 나와 공연을 하지 않는 직무태만죄 등으로⋯⋯.

—하하하핫! 브라보!

더 보고 싶었지만 동영상은 맛보기라서 여기서 끊어졌다.

연필신은 충분히 짐작할 수 있었다.

채나가 미국 어디선가 공개적인 장소에서 노래를 불렀고 노래를 너무 잘 부르니까 누군가 녹음이나 녹화를 해서 방송사에 제보를 했을 것이다.

그 노래들이 퍼져 빌보드 차트까지 오른 것이고!

방금 동영상은 그 제보를 했던 사람과 인터뷰하는 장면이구⋯⋯.

툭!

연필신이 마우스를 던지며 컴퓨터 앞에서 몸을 뺐다.

"정말 이제는 김채나 신드롬이 아니라 김채나 쓰나미로 변했네! 쓰나미가 한국뿐만 아니라 미국에서도 몰려왔어."

연필신이 팔짱을 낀 채 창밖을 쳐다봤다. 창밖으로 채나의 귀여운 얼굴이 떠올랐다.

"벌써 채나는 세계 정상급 가수가 된 거야? 에고⋯ 부럽다. 난 국내 정상급 개그우먼이란 말이라도 들을 때가 올까?"

⋯⋯.

연필신이 아주 오랫동안 창밖을 쳐다봤다.

"아자아자! 채나는 채나구, 나는 나다! 기죽지 말자 연필신!"

연필신이 힘차게 구호를 외치며 다시 마우스를 돌렸다.

"이건 또 뭐야?"

연필신이 죽어가던 기를 간신히 살려서 대한방송사 DBS 홈피를 검색하던 중에 아주 수상한 프로그램 신설 공지가 눈에 띄었다.

공지 내용이 수상하다는 것이 아니라 당사자는 전혀 모르는 공지였기 때문이다.

주말의 감동 〈우스타〉!

그 감동의 음악 세계를 수요일 저녁으로 가져갑니다.

우리 DBS에서는 월드컵 개막에 즈음하여 〈수요일의 음악세계〉를 신설합니다.

시청자 여러분!

매주 수요일 밤 7시…….

당신이 꿈꾸던 음악세계를 외계인과 함께하십시오.

많은 시청 부탁드립니다.

연필신은 이 신설 프로의 공지를 보면서 깜짝 놀랐다.

누가 봐도 DBS 예능본부가 〈우스타〉의 폭풍같은 인기를 등에 업고 이제 주말에서 평일까지 장악하려는 작전으로 보였다.

그동안 〈우스타〉에 출연했던 가수들을 수요일의 음악세

계 〈수음세〉에 총출동시켜 바람을 일으킨 후 천천히 먹어 치운다.

홍 본부장이 자주 쓰는 전술 중 하나였다.

"당신이 꿈꾸던 음악세계를 외계인과 함께해? 이건 우리 귀염둥이 채나가 이 프로를 진행한다는 뉘앙스가 풍기는데… 거참 신기하네!"

연필신이 고개를 갸우뚱했다.

"알바긴 하지만 내가 채나 매니저인데 매니저도 모르게 방송 프로를 진행해? 아니, 채나도 모를 텐데?"

연필신이 재차 확인하려는 듯 동생이 쓰는 안경을 집어 들었다.

"흐흥……. 수요일 밤 7시? 이런 골든아워에 방영되는 프로를 가지고 방송사에서 뻥칠 리도 없고? 좋아! 이 프로 찜했다."

연필신이 안경을 쓴 채 신중히 메모를 했다.

빵빵빵!

컴퓨터 옆에 놓여 있던 휴대폰이 신나게 울어댔다.

"네에! 빌보드 차트의 여왕 우리 귀염둥이 채나 양……. 무슨 일이시죠? 알겠사와요."

연필신이 코믹하게 대답하며 휴대폰을 끊었다.

쿡쿡!

연필신이 얄밉다는 듯 손가락으로 휴대폰을 쥐어박았다.

확실히 채나는 특이했다.

빌보드 차트 얘기를 던져도 그냥 무덤덤했다.

다른 가수들 같으면 태극기를 달아라, 만국기를 달아라 난리법석을 떨 텐데!

채나는 그저 대중들 앞에서 노래 부르는 것을 즐길 뿐이었다.

그 이상도 이하도 아니었다.

순위나 상 따위에는 전혀 관심이 없었다.

"그래도 채나야! 대화를 할 때 어휘 사용에 관심을 가져줬으면 해!"

지금도 딱 한마디였다.

─광명시로 와.

"대체 광명시 어디로 언제 어떻게 오라는 거야? 왜?"

─차를 가지고 광명시 강동주 체육관으로 와. 어디 가야 돼. 필신아!

이 긴 문장을 '광명시로 와' 로 간단히 줄여서 말하는 것도 재주는 재주였다.

그렇다고 다시 물어 볼 수도 없었다.

두 번 말하는 것을 지독하게 싫어해서 마구 짜증을 내기 때문이었다.

"나쁜 엑스! 내가 알바 매니저만 아니었어도 디지게 패줬다."

연필신이 투덜대며 자동차 키를 들고 자리에서 일어섰다.

5장

지구인과는 격이 다른 슈퍼스타

끼익!

해외연수 중이던 영국에서 부랴부랴 귀국한 대한방송사 DBS 예능본부 PD 곽구현 차장이 행주대교를 넘자마자 황급히 유턴을 했다.

여의도에 있는 〈암소 한마리〉라는 고깃집을 일산에 있는 〈황소 한 마리〉라는 고깃집으로 착각했기 때문이다.

"휴우! 오랜만에 귀국했더니 황소 하고 암소도 헛갈리네."

"저는 들을 때마다 헛갈려요. 황소가 여의도에 있는지 암소가 일산에 있는지? 그 반댄지? 아니면 두 마리 다 어느 농가에 있는지? 호호호!"

조수석에 타고 있던 DBS TV 아나운서인 이현정이 예쁘게 웃으면서 말을 받았다.

곽 차장의 부인이었다.

"하여튼 우리나라 사람들 카피하는데 뭐 있어. 하마터면 일산에 있는 〈황소〉로 갈 뻔했네! 약속 장소는 여의도 〈암소〉인데……."

"호호호! 일찍 나오길 천만다행이에요. 홍 본부장님이 우리 집이 여의도니까 술 좋아하는 당신 생각해서 일부러 거기로 정하신 것 같은데 늦으면 무슨 망신이에요?"

"글쎄 말이야! 난 그저 회사 근처만 생각하고 들입다 일산으로 뺐으니 참."

곽 차장이 빠르게 차를 몰아 자유로로 접어들었다.

"아무튼 늦게라도 기억나서 다행이에요. 코미디가 따로 없잖아요? 상사는 여의도에서 부하 직원은 일산에서 서로 투덜대며 기다리구!"

"훗! 거기 확인 좀 해봐! 확실히 여의도가 맞나?"

곽 차장이 쓴웃음을 지으며 큼직한 수첩을 이현경에게 건넸다.

"맞아요! 여의도 암소 한 마리 오후 열 시. '일산의 황소 한 마리와 헷갈리지 않게 주의할 것' 이렇게 쓰여 있네요. 까르르르……."

수첩을 읽던 이현정이 뒤집어졌다.

곽 차장은 모든 일에 있어서 철두철미한 사람이었다.

약속장소까지 수첩에 쓰고 주의할 점까지 기록하는!

오죽하면 별명이 메모왕이고 피디 수첩이겠는가?

"미쳐! 이제 당구장 표시한 것까지 잊어버려? 나도 사십이 넘긴 넘었나 보네!"

"후! 그래서 저두 은근히 걱정했어요. 당신처럼 유능한 사람이 영국에서 세월만 죽이는 게 아닌가 해서 말이에요."

이현정이 어두운 표정으로 말을 이었다.

"그럼 당신이 홍 본부장님께 말씀드린 거야? 나 영국에서 귀국시킨 거!"

곽 차장이 핸들을 잡은 채 힐끗 이현정을 쳐다봤다.

"뭐 남도 아니잖아요? 당신 대학 선배님이구 나한테는 친척 아저씨구… 왜 기분 안 좋아요?"

이현정이 곽 차장의 눈치를 살폈다.

"아니! 잘했다구 칭찬해 주려구 그랬어. 해외연수도 일이 년이지 삼 년쯤 되니까 좀 이상하더라구. 이대로 짤리는 거 아닌가 하는 생각도 들고."

"실은… 말이 나왔으니까 말할게요. 기분 나빠하지 말아요, 당신! 지금 회사에는 포스트 예능본부장은 백치호 부장이라는 소문이 쫙 깔렸어요."

비틀!

곽 차장은 큼직한 망치로 맞은 것처럼 현기증을 느꼈다.

끼이이이익!

곽 차장이 머리를 흔들며 급히 차를 갓길로 댔다.

"여, 여보! 승우 아빠—"

이현정이 당황하며 외쳤다.

…….

잠시 후, 곽 차장과 이현정이 조심스럽게 차에서 내렸다.

"딱 십 분만 쉬었다 가자, 현정아!"

"으응! 선배……. 진정될 때까지 푹 쉬어."

곽 차장의 입에서 연애할 때 쓰던 호칭이 튀어나왔다.

이현정이 살갑게 말을 받으며 곽 차장의 손을 꼭 잡았다.

이현정은 잘 알고 있었다.

남편이 기분이 아주 좋을 때나 힘들 때면 자신의 이름을 부르는 버릇이 있다는 것을!

지금 곽 차장은 많이 힘들었다.

곽 차장과 백 부장은 입사 동기로 같은 국립대학을 졸업했다.

곽 차장은 서울에 있는 국립대학인 서울대학교를 나왔고, 백 부장은 대전에 있는 국립대학인 충남대학교를 나왔다.

영국연수를 떠나기 전만 해도 회사에서 곽 차장과 백 부장의 위치는 꼭 서울에서 대전만큼이나 차이가 났다.

한데, 삼 년 뒤에 회사에 돌아와 보니 거리 차이는 같은데 사람이 바뀌어 있었다.

서울에는 백 부장이 대전에는 곽 차장이…….

곽 차장 입장에서는 맨 정신이라는 게 이상한 상황이었다.

곽 차장과 이현정이 천천히 자유로의 갓길을 걸었다.

"많이 늦은 것 같니? 현정아!"

"적당해! 선배는 늘 핸디캡 있는 게임을 좋아했잖아?"

이현정이 예쁘게 미소를 지으며 확실하게 위로했다.

"그래! 지켜봐. 이 곽구현이도 영국에서 놀다온 건 아니야."

쪽!

이현정이 곽 차장에게 다정하게 키스를 했다.

"휴우! 이렇게 선배가 옆에 있으니까 마음이 놓인다."

이현정이 한숨을 길게 쉬었다.

"날마다 〈우스타〉〈우스타〉 백치호 백치호… 지겨워!"

"하하! 그렇게 굉장해?"

"아휴! 〈우스타〉하고는 전혀 상관없는 우리 보도본부와 드라마본부까지 온통 난리야! 백치호 부장이 국장으로 특진되네마네 하는 이상한 소리까지 들리고."

"구, 국장? 아니, 부장 단지 며칠 됐다구 벌써 국장 소리가 나와?"

곽 차장이 현기증이 다시 이는 것 같아서 머리를 부여잡았다.

"선배도 들어 봤을 거야. 〈우스타〉에 출연해서 대한민국을 뒤집어 놓은 외계인 가수 김채나. 세계적인 사격선수……."

"영국에서도 유명해! 며칠 전에 BBC에서 특집으로 때렸어.

영미 사격대표 선수들 합동 훈련하는 장면을 배경으로 빌보드 차트에 올랐다는 노래들을 들려주더라구!'

"치이! 김채나는 좋겠다. 제발 엉뚱한 소리만 하지 않았으면 더욱 좋겠구."

"무슨 소리를 했는데 그래?

"〈우스타〉 회식 자리에 회장님과 임원들이 격려차 들리셨는데 그 자리에서 대놓고 얘기했대! '회장님! 백 부장 국장 시켜줘. 무쟈게 일 잘해!' 이렇게 말이야."

"하하하핫!"

곽 차장이 박장대소를 터뜨렸다.

"그 친구……. 대화도 완전 외계인 수준이네!'

"흥! 아무리 잘나가는 스타라고 해도 그렇지 그게 회장님께 할 소리야! UCLA 출신 맞아?'

"하하! '백 부장 국장 시켜줘 무쟈게 일 잘해' 확실하네!"

곽 차장이 웃으면서 이현정과 함께 다시 승용차에 올랐다.

이번에는 이현정이 핸들을 잡았고 곽 차장이 조수석에 앉았다.

현명한 이현정다운 배려였다.

"회사에서 백 부장님 별명이 뭔 줄 알아요? 당신!'

이현정의 호칭이 원래대로 돌아왔다.

"뭔데?"

"채나 아빠!"

"많이 약한데? 백 부장! 나 같으면 김채나 씨 업고 다니겠다."

"치이! 남자하고 여자하고 많이 다르네? 우린 미달이 김채나 주책바가지 백 부장이라고 씹어내는데."

이현정이 입을 삐쭉거렸다.

"훗! 당신 같으면 회사 직원들 몇 백 명 모인 자리에서 벌떡 일어나 회장님께 '곽구현이 엄청 일 잘해요. 국장 시켜주세요' 라고 말할 수 있겠어?"

"어머어머! 당신두… 미쳤어요? 아무리 당신 일이라고 해도 어떻게 그런 소리를 해요? 생각만 해도 창피하다."

"김채나 씨는 했잖아? 자기 남편이나 오빠도 아니고 그저 같이 일하는 사람을 위해!"

"……!"

순간, 이현정의 시선이 강력접착제로 붙여 놓은 듯 그대로 차창 정면에 박혔다.

"오해하지는 마! 나두 당신을 위해서 그렇게는 못해. 보통 사람들은 누구나 다 그럴 거야. 내가 말하고 싶은 건 김채나 씨에 대한 당신의 사고를 약간 수정하라는 거야."

"……!"

"생각해 봐! 미국에서 유명한 대학을 나왔고 세계대회와 올림픽에 출전해 수십 개의 금메달을 쓸어오고 가수로서도 세계를 떠들썩하게 만드는 슈퍼스타야. 그런 사람이 바보겠어?"

"저, 정말 그러네?!"

"회장님이나 임원들도 그 자리에서는 웃으셨겠지만 돌아가면서 신중히 생각해 보셨을 거야. 직원들도 마찬가지구!"

"백치호가 그렇게 똑똑해? 세계적인 슈퍼스타가 공개석상에서 칭찬할 만큼! 그럼 진짜 국장 자리를 줘야 한다는 건데?"

이현정이 김태형 회장 목소리를 흉내 냈다.

"하하! 맞아. 백 부장은 여우니까 그 뒤를 읽었고 채나 씨한테 그토록 잘하는 거야.

"씨이! 내가 쫌팽이가 된 게 모두 당신 때문이에요. 내 생각엔 당신이 백 부장님보다 훨씬 똑똑하고 유능하거든요. 그런데 자꾸……."

"걱정 마! 곧 당신 생각대로 될 거야."

곽 차장이 뭔가를 신중하게 수첩에 기록했다.

따르릉!

그때 곽 차장 품속에서 휴대폰이 울렸다.

"유PD? 아… 예! 하하! 일산까지 마누라랑 드라이브 갔다가 오는 길입니다. 지금 성산대교 넘었습니다. 알겠습니다. 예! 예!"

"누구예요?"

"당신 친척 아저씨!"

"호, 홍 본부장님?"

"응! 〈암소 한마리〉에 먼저 들어가신다구 천천히 오래. 늦게 와도 계산만 하면 된다구. 후후후!"

"아휴! 홍 본부장님은……."

잠시 후, 곽 차장과 이현정이 탄 승용차가 여의도에 접어들었다.

*   *   *

연필신이 남몰래 땅이 꺼져라 한숨을 쉬었다.

연필신이 선생님을 그만둔 첫 번째 이유가 관료적인 조직체계 때문이었다.

혹자들은 선생님들이 무슨 서열이 있느냐고 반문할지 몰라도 그건 초등학교도 가보지 않은 사람들 얘기다.

교장, 교감, 부장, 실장, 과장, 주임 거기에 장학사, 교육장, 교육감…….

정말 피곤할 만큼 복잡한 서열이 존재하는 곳이 교육계다.

채나와 함께 한우갈비로 유명한 식당인 여의도 〈암소 한 마리〉에 도착했을 때, 연필신은 선생님으로 있을 때 교육감이 학교에 방문했던 그날의 분위기를 느꼈다.

부장 선생님부터 교감, 교장선생님까지 줄줄이 쫓아다니던!

채나는 분명히 홍 본부장님이 이곳에서 한우갈비를 사준다고 가자고 했다.

근데, 이분들은 다 뭐지?

DBS 예능본부의 총두목인 홍 본부장님이 와 계신 것은 당연한데!

'예능1국의 양 국장님과 〈우스타〉 책임 PD인 백 부장님, 현숙희 PD, 윤현호 PD, DBS 예능본부 최고의 구성작가라는 독고영 작가와 김석구 작가에 총무국의 선진수 총무부장님까지 오셨네. 거기에 영국에서 막 귀국하셨다는 곽구현 차장님과 한때 DBS 최고 미인으로 꼽혔던 이현정 아나운서까지 합석을 했구! PD, 작가, 아나운서까지 최고위층부터 말단 직원까지 아주 골고루 모였어. 채나 같은 외계인에게 한우갈비를 사주려면 이런 스태프들이 필요한가?'

채나와 나만 모르는 뭔가가 있다.

간단히 인사를 교환한 뒤 조용히 식사를 시작했다.

채나가 좋아하는 한우갈비와 함께!

아무도 입을 열지 않았다.

가끔 열심히 갈비를 먹고 있는 채나 옆에서 흐뭇한 표정으로 바라보는 홍 본부장님의 눈치만 살필 뿐이었다.

후우! 이게 바로 내가 가장 싫어하는 조직사회의 전형적인 모습이다.

'아니, 뭘 설명을 해주고 한우를 먹든가 수입 소를 먹든가 하지? 윗사람이 얘기를 안 한다고 누구도 입을 떼질 않으니…….'

윗사람이 말을 안 하면 아랫사람은 벙어리가 되고 윗사람이 숟가락을 들지 않으면 아랫사람은 굶는 것이 조직사회였다.

물론, 이런 숨 막히는 분위기 속에서도 소신껏 자기 할 일을 하는 사람도 있다.

내 친구 김채나!

인사를 하자마자 지금까지 고개 한 번 들지 않고 열심히 한 우갈비를 뜯어 댔다.

전생에 소하고 원수였음이 틀림없었다.

하는 수 없지! 궁금한 건 일 초도 참지 못하는 이 고품격 개 그우먼이 나서는 수밖에!

방법은 의외로 간단하다.

쿡!

연필신이 채나를 찔렀다.

"왜?"

채나가 갈비 한쪽을 입에 문 채 짜증스럽게 얼굴을 들었다.

"본부장님께서 하실 말씀이 있으시대……."

연필신이 예쁘게 미소를 지으며 말했다.

"내게 할 말 있어요. 본부장님?"

채나가 갈비 하나를 입에 물고 홍 본부장을 쳐다봤다.

봐! 얼마나 간단한가?

빌보드 차트에 빛나는 외계인 가수 김채나는 이런 조직사회 의 분위기를 겪어본 적도 들어본 적도 없다.

건드리면 바로 쏜다.

"허허! 별일 아니니 천천히 먹으면서 들어도 괜찮아."

"흑!"

연필신이 하마터면 먹고 있던 갈비를 토할 뻔했다.

연필신뿐만 아니라 채나를 제외한 모든 사람이 그랬다.

홍 본부장은 체질적으로 남에게 반말하는 것을 좋아하지 않았다.

직원들에게도 서너 사람을 제외하고 모두에게 존대를 했다.

특히 방송에 출연하는 연예인들에게는 99% 존대를 한다.

한데, 채나에게는 반말을 했다. 그것도 아버지나 삼촌 같은 말투로!

곧 연필신은 이해가 됐다.

채나의 소속사 사장인 강 관장과 홍 본부장은 절친이었고, 채나의 실질적인 후견인이 홍 본부장이라는 것을 아는 사람은 다 알았다.

게다가 이들은 피(?)를 주고받는 고스톱 멤버였다.

"양 국장이 먼저 설명하게."

"예! 본부장님. 다들 대충 알고 있을 테니 간단히 말하지!"

양 국장은 홍 본부장과 정반대로 상사를 제외한 누구에게나 반말을 했다. 연예인이면 더욱더…….

"공지에 나간대로 수요일의 음악세계 〈수음세〉……."

연필신의 작은 눈이 당구공 만해졌다.

'내가 의문을 가졌던 그 프로그램 〈수음세〉! 으쓰…… 이제 감이 잡히네. 〈수음세〉 스태프들 모임이었어. 나와 이현정 아나운서는 게스트였고.'

연필신이 다소곳이 앉아 수정과를 마시고 있는 이현정을 쳐다봤다.

"오월 마지막 주 수요일부터 방영하기로 결정됐어!"

양 국장이 묵직하게 말했다.

놀라는 사람은 없었다.

벌써 홈피에 공지가 됐고 스태프들까지 결정됐기 때문이었다.

"곽 차장이 책임지고 잘 만들어 봐!"

"예! 국장님."

곽 차장은 이미 영국에 있을 때 홍 본부장에게 언질을 받았다.

이현정이 표정 관리에 들어갔다.

"현 PD와 윤 PD가 열심히 도와주고."

"네! 국장님"

"독고 작가와 김 작가도 곽 차장 많이 도와 줘. 두 사람이 아주 예리하잖아?"

"하하! 과찬이십니다.

"저희야 뭐 곽 차장님이 시키는 대로 하는 거죠."

독고 작가와 김 작가가 곽 차장에게 살짝 눈인사를 했다.

"그리고 백 부장을 이 자리에 배석시킨 것은 그동안 〈우스타〉에서 연마한 노하우를 곽 차장에 전수해 주라고 부른 거야! 곽 차장이 해외에 나가 있어서 감각이 떨어져 있을 수도 있으니까. 또 두 사람이 입사 동기고 가깝잖아!"

양 국장이 신중하게 발언을 했다.

"국장님두 참! 저한테 무슨 노하우가 있겠습니까? 아무튼 말씀하신 대로 열심히 곽 차장에게 전수하겠습니다. 걱정 마십시오 〈수음세〉 아주 잘될 겁니다. 곽 차장이야 방송계가 다 아는 스타 PD 아닙니까! 아하하……."

수다맨답게 백 부장이 짧지 않은 치사를 늘어놓으며 곽 차장을 향해 엄지를 치켜세웠다.

곽 차장이 미소를 띤 채 가볍게 손을 들었다.

'세상에? 삼 년 전만 해도 선배에게 말 붙이는 것조차 어려워했던 사람이!'

이번에는 이현정이 현기증을 느꼈다.

세월은 모든 것을 바꾼다.

백 부장은 이미 〈우스타〉 한방으로 방송가의 어느 누구도 무시 못하는 블루칩이 됐다.

더불어 이무기 홍 본부장이 백 부장을 배석시켜 곽 차장에게 라이벌 의식을 불러일으키려 했던 목적을 100% 성공했다.

"〈수음세〉 제작비는 어느 정도요? 선부장!"

그때, 홍 본부장이 선진수 총무부장을 쳐다보며 물었다.

채나를 제외한 모든 사람이 당나귀 귀가 되어 선부장을 주시했다.

제작비! 돈!

곧 돈은 프로그램의 승패를 좌우한다고 해도 과언이 아니었다.

십 원 한 푼이라도 더 투자를 하면 그만큼 프로그램의 질이 좋아지는 것이다.

"어제 회장님을 비롯한 경영진 회의에서 결론을 내렸습니다."

선부장이 가방에서 서류들을 꺼내며 입을 열었다.

"〈수음세〉가 방영되는 시간이 골든 아워이긴 하지만 평일이라서 힘든 부분이 있을 거라는 판단 하에 제작비 일체를 곽차장님께 맡기기로 결정했습니다."

"곽 차장에게 맡겨? 그게 무슨 말인가? 선부장!"

양 국장이 처음 듣는 듯 분연히 나섰다.

"곽 차장님이 〈수음세〉를 제작하면서 얼마가 필요하다고 말씀만 하시면 총무국에서 곧 바로 지불할 것입니다. 한도는 없습니다."

"헤이야? 이거 회장님께서 곽 차장을 엄청 잘 보신 모양일세!"

양 국장이 감탄사를 토했다.

파격이었다.

제작비 일체를 책임 PD인 곽 차장이 결정하고 총무국에서 무조건 지불한다.

경영진에서 곽 차장을 절대적으로 신용한다는 반증이었다.

"훗! 제가 100억이 필요하다고 하면요?"

"즉시 드립니다. 그것이 경영진에서의 결정입니다."

곽 차장의 질문에 선부장이 지체없이 대답했다.

"후후후! 갑자기 제가 졸장부였다는 생각이 드는군요. 영국에 있을 때 가끔 회사에서 저를 버린 게 아닌가 했었는데……."

"예끼! 이 사람아? 본부장님과 내가 눈을 시퍼렇게 뜨고 있는데 누가 자네를 버려? 자네는 누가 뭐래도 DBS의 간판 PD야!"

양 국장이 빽 소리를 질렀다.

'이것이 수많은 히트작을 제작한 스타 PD의 위력이야. 저이의 능력이구!'

이현정이 자신도 모르게 눈가를 훔쳤다.

"음! 제작비는 그렇구 채나 대우는 어찌 되는 거요? 선부장!"

홍 본부장이 오늘의 포인트를 꺼냈다.

"아……. 에! 채나 씨에 대해서는 회장님께서 직접 언질을 주셨습니다. 강동아 씨나 유종철 씨 정도를 말씀하시면서 반응에 따라서 보너스를 지불하라고 하셨습니다. 물론 사회자로서 개런티를 말하는 겁니다. 본부장님!"

이현정에 이어 이번에는 연필신이 눈물을 쏟았다. 너무 놀래서!

강동아와 유종철은 현재 대한민국 연예계에서 최고의 사회자로 꼽히는 개그맨들이었다.

한데, 왕초보 사회자인 채나에게 같은 대우를 해주겠다는 것이다.

"하면 가수로서 노래를 부르는 것은?"

"당연히 별도로 계산이 됩니다."

"구체적으로 어느 정도요?"

홍 본부장이 채나의 매니저처럼 질문을 했다.

"아직 확실이 얼마다 하고 결정된 것은 없습니다만, 지난번 〈우스타〉에서 회장님께서 정하신 출연료에 플러스 알파가 될 것은 틀림없습니다. 빌보드 건도 있고……."

그럼 도대체 김채나 출연료가 회당 얼마라는 거야?

최고 사회자 대우와 특급가수 출연료에 플러스 알파라?

타타탁!

모든 사람들의 머리에서 빠르게 전자계산기가 두드려졌다.

"그럼 이 자리에서 사인만 하면 되는 거요? 선부장!"

"뭐 그렇게 하셔도 좋고 돌아가셔서 서류를 검토하신 뒤에 총무국에 오셔서 해도 상관없습니다."

"서류를 줘보시오. 선부장!"

"예! 본부장님."

"채나야! 이 서류에 사인 좀 하거라."

홍 본부장이 서류를 채나 앞에 내밀며 아버지처럼 말했다.

"응… 뭔데?"

채나가 입술을 훔치며 서류를 쳐다봤다.

"네가 맡을 〈수음세〉 메인 MC에 대한 계약서다."

"메인 MC? 나보고 사회자를 맡으란 거야?"

채나가 얼굴을 찌푸렸다.

"오냐! 네가 비록 노래를 부르는 가수이긴 하지만 사회자로서 무대에 서 보는 것도 좋은 경험이 될 것이다."

홍 본부장이 이번에는 인자한 선생님처럼 찬찬히 설명했다.

"한글도 제대로 모르는 내가 무슨 사회를 봐? 난 못 해!"

채나가 단칼에 잘랐다.

…….

찰나, 장내가 고요해졌다.

너무도 뜻밖의 반응이었기 때문이다.

사이코 연예인이 아니면 누가 국내 최고의 사회자와 같은 대우를 해주고 초특급 가수로서 개런티를 따로 계산해 주겠다는데 거절하겠는가?

분위기를 읽은 독고 작가가 재빨리 나섰다.

"하하! 말솜씨가 부족해도 상관없습니다. 채나 씨! 〈우스타〉에서 채나 씨가 말씀하시는 것 많이 들었는데 그 정도면 충분합니다."

"또 작가들이 괜히 있겠습니까? 멘트를 세세히 써 드리겠습니다."

독고 작가와 김 작가가 글 쓰는 사람들답게 노련하게 채나를 설득했다.

"그래도 난 안 돼요. TV에서 음악 프로를 진행하려면 재치 있는 화술과 너그러운 성품, 깊이 있는 음악적 지식과 풍부한

유머, 호감 가는 인지도와 다양한 경험 등이 필요해요."

"……!"

홍 본부장과 백 부장의 눈이 휘둥그레졌다.

채나가 평소와는 전혀 다르게 음악 프로의 사회자가 갖춰야 될 조건을 조목조목 설명했기 때문이다.

"이중에서 제가 가진 것은 음악적 지식과 인지도, 경험 정도? 50점짜리가 어떻게 사회를 보죠?"

끝으로 사회자로서의 자신의 점수까지 발표했다.

'이 멍청이 머저리 미달이 쪼다 팔푼이 채나야! 그냥 한다 해!'

연필신이 주위를 돌아보며 야구방망이를 찾았다.

…….

또다시 이상한 침묵이 실내를 감쌌다.

도대체 어떤 뇌 구조를 가져야 저토록 체계적이고 논리정연하게 황금방석을 거절할 수 있을까?

〈암소 한마리〉 귀빈실에 모여 있던 모든 사람의 공통된 생각이었다.

"그럼, 〈수음세〉에 가수로서는 출연해 주시겠습니까, 김채나 씨?"

이번에는 스타 PD 곽 차장이 침묵을 깼다.

"헤헤! 물론이죠. 제가 가수로서는 90점 이상 되거든요. 당연히 〈수음세〉에 나가 열심히 노래를 해야죠."

"후후! 고맙습니다. 근데 우리나라에는 채나 씨 같은 90점

이상 되는 가수가 그리 많지 않습니다. 채나 씨 코너를 따로 만들겠습니다. 어떻습니까?"

"오오우… 예스!"

짝!

곽 차장과 채나가 하이파이브를 했다.

그리고 채나는 오랜만에 말을 많이 해서 배가 고프다는 듯 허겁지겁 암소 갈비를 뜯었다.

쾅!

동시에, 이현정을 비롯한 〈암소 한마리〉 귀빈실에 앉아 있던 모든 사람이 엄청난 충격을 받았다.

대체 김채나가 누군가?

세계 스포츠계의 슈퍼스타요, 빌보드 차트를 넘나들고 있는 세계 가요계의 혜성이었다.

지금 대한민국 국민들은 채나가 어떤 잘못을 해도 용서할 준비가 돼 있었다.

채나가 진행을 하다 실수를 하면 귀엽다고 깔깔댈 것이고 매끄럽게 하면 언어의 마술사라고 거품을 물 것이다.

세계적인 사격선수라는 타이틀과 빌보드 차트 정상이라는 업적이 채나의 노래 실력과 어우러져 바야흐로 채나를 대한민국 건국 이래 최고의 스타로 끌어올리고 있었다.

한데, 채나는 스스로 평가하길 그런 인지도까지 합쳐서 사회자는 50점이고 가수는 90점 이상이라고 했다.

그럼 채나처럼 계산했을 때 우린 몇 점이나 될까?

아나운서로서 PD로서 작가로서 개그우먼으로서! 10점? 20점?

이현정 아나운서는 오늘에서야 깨달았다.

채나는 정말 지구인과는 격이 많이 다른 슈퍼스타였다.

"어허허허허허……."

홍 본부장이 길게 너털웃음을 흘렸다.

"고스톱 못 치는 내 친구 강동주가 김채나는 지구 최고가 아니라 우주 최고의 스타가 될 거라고 꽥꽥대기에 펀치 드렁크에 시달려서 헛소리를 하는 줄 알았더니… 진짜였어! 허허허!"

홍 본부장이 채나가 기특해 죽겠다는 표정으로 연신 고개를 주억거렸다.

"오냐! 그럼 네가 〈수음세〉에 맞는 사회자 하나를 추천해봐라."

홍 본부장이 흐뭇한 표정으로 채나에게 말했다.

"원숭이가 잘하더라구!"

채나가 노타임으로 대답했다.

"원숭이?"

"히히! 가수 원일 씨를 말하는 거예요."

연필신이 채나 대신 대답했다.

"음악적 지식이 깊고 풍부해. 멘트도 좋구!"

채나가 부연 설명을 했다.

"어때? 곽 차장! 일단 원일 씨로 가지?"

"훗! 그렇게 하겠습니다."

이렇게 해서 〈수음세〉의 메인 MC는 채나에서 가수 원일로 바뀌었다.

*   *   *

연필신은 오늘 개그가 판을 치는 세상 〈개판〉 아이디어 회의가 있어서 아침 일찍 KBC 예능본부로 출근했다.

근데 뭘 잘못 먹었는지 배가 살살 아파서 화장실을 들락거렸다.

연필신은 화장실에 앉아서 가만히 생각을 해봤다.

'어제 밤에 채나와 함께 먹은 한우갈비가 잘못돼서 배가 아픈 거야? 아니면 그 〈수음세〉라는 골든 프로를 날려서 배가 아픈 거야?'

손님은 일주일 전에 오셨다 가셨고…….

피휴휴휴!

결론이 났다.

〈수음세〉를 날려서 그래서 배가 아픈 거였다.

이름하여 신경 과민성 대장염.

"야! 희주야. 너 소식 들었니? 그 DBS 〈수음세〉 말이야."

"아니, 못 들었어. 무슨 소식인데?"

"세상에 있잖니? 어제 밤에 DBS 홍 본부장이 김채나에게 〈수음세〉 메인 MC를 제의 했다가 단칼에 거절당했대!"

"꺄약! 그, 그런 프로의 사회자 자리를 거절해? 기, 김채나

미친 거 아냐? 요즘 너무 잘나가더니 어떻게 됐나 부다?"

연필신은 화장실 밖에서 들려오는 소리에 그만 너무 놀래서 바지도 올리지 않고 뛰쳐나갈 뻔했다.

'여기 어디 귀신이 사나? 어제 밤 12시에 끝난 얘기를 오늘 아침 10시에 알고 있어? 더구나 여긴 DBS도 아니고 KBC잖아?!'

"깔깔깔… 맞아. 정말 돌았나 봐! 어제도 걔 평소 성질대로 딱 한마디 했대. 한글도 잘 모르는 내가 무슨 사회를 봐? 난 못해! 이렇게 말이야."

"으으으으! 이 김채나 멍충이! 정말 옆에 있으면 콱 한 대 때려주고 싶다. 작가들이 다 써주는데 뭔 상관이야? 누가 지보고 말 잘하래? 나와서 얼굴만 보이라는 건데! 어이구, 미달이!"

'윽! 도깨비다. 어제 밤에 내가 백 번도 넘게 중얼거렸던 그 말!'

꾸르릉…….

연필신이 자신도 모르게 변기의 물을 내렸다.

"그래서 〈수음세〉 깨진 거야? 그거 처음부터 김채나 잡으려구 만든 프로잖아!"

"깨지긴? 영국에 있던 스타 PD까지 불러 들였는데! 김채나가 원일 선배를 추천해서 그렇게 가기로 했대."

"이잉잉! 원숭이 선배만 땡 잡았네? 씨이이……."

"글쎄 말이야. 아호, 배 아파! 김채나 바보! 이 황은빈이를 추천해야지?'

"킥킥킥! 언니는 걔 얼굴도 못 봤잖아?"

"힝… 열 받아서 하는 소리지 뭐. 아무튼 김채나 대단해. DBS에서 자기한테 주는 상이라는 걸 뻔히 알면서도 남에게 휙 던지잖아!"

"좋아! 다음 대 가수협회장 김채나 한 표 꽝!"

"호호호! 나까지 두 표."

메이크업을 짙게 한 여자가수 두 명이 수다를 떨며 화장실을 나갔다.

'저 여자들은 오늘 〈KBC 가요무대〉에 출연하는 가수 서희주와 황은빈 선배잖아?'

연필신이 배 아픈 것도 잊고 황급히 화장실에서 튀어나왔다.

'무섭다 무서워! 어떻게 한마디도 틀리질 않지? 완전 현장 중계야!'

연필신이 몸을 부르르 떨었다.

'세상에 말이 가장 많은 곳이 방송사라고 하더니 앞으로 입 조심해야지 큰일 나겠어.'

연필신이 치를 떨며 출연자 대기실 쪽으로 걸어갔다.

"DBS 〈수음세〉 말이야. 그거 원일이가 맡기로 했다는데?"

"뭐어? 김채나는 어쩌구?"

"뻔하지! 김채나는 좀 더 아껴 놨다가 결정적인 순간에 빵!"

"하여튼 홍 본부장… 그 양반은 도대체 뭔 욕심이 그렇게 많지?"

"아예 싹쓸이 하려나 봐 쌍!"

KBC직원 신분증을 달고 있는 세 명의 남자가 연필신 옆을 지나가며 투덜댔다.

'푸푸푸! 확실히 나 문제 있어. 정보화 시대? 지랄하네! 바닥에 쫙 깔려서 KBC직원들까지 다 알고 있는 〈수음세〉 소식을 나만 모르고 있었는데 무슨?

연필신이 KBC가 떠나가라 한숨을 쉬었다.

"야, 필신아! 이리 좀 와 봐."

복도 저편에서 개그맨 신묵이 개그맨 반영구와 함께 서서 연필신을 불렀다.

"왜요? 오빠!"

연필신이 떫은 표정으로 다가갔다.

"어떻게 된 거냐? 나 방금 들었는데 〈수음세〉 원일 씨가 맡는다며!"

신묵이 아쉬운 표정으로 물어봤다.

"뭐, 뭔 말이야? 〈수음세〉가 어쨌다구?"

연필신이 오리발을 내밀었다.

"이게 식구끼리 무슨 오리발이야? 뒈질래!"

신묵이 연필신의 오리발을 주먹으로 응징했다.

"실은 그동안 천기누설 할까 봐 말하지 않았는데 너 채나랑 〈수음세〉 가는 줄 알았어. 너 채나하구 엄청 친하잖아? 매니저 봐줄 만큼……."

개그맨 반영구가 웃으면서 말을 받았다.

"영구 오빠도 참! 그러니까 채나가 〈수음세〉 맡는 거랑 나랑 무슨 상관이 있냐구?"

"너 그렇게 안 봤는데 바보구나. 고대 나온 여자 맞아?"

"오늘따라 영 저품격 개그우먼 같은데……."

신묵과 반영구가 연필신에게 야지를 날렸다.

"오빠들 자꾸 그럴 거야! 나 화낸다?"

연필신이 주먹을 흔들었다.

"애 진짜 한밤중이네? 얌마! 농담이 아니라 지금도 늦지 않았어. 당장 채나한테 전화해!"

"〈수음세〉 원래 채나 거야. 봐봐? 원일 씨 메인 MC도 채나가 추천해서 됐잖아. 채나가 한마디 하면 충분히 네 코너 정도는 뺄 수 있어!"

서울예대를 나온 신묵과 중앙대 나온 반영구가 씩씩대며 고대 나온 여자 연필신을 깨우쳐 줬다.

"……!"

확실히 난 고대 나온 여자 연필신이 아니었다. 왜 오빠들 같은 생각을 못했을까?

배역을 부탁하는 것은 일자리를 부탁하는 것과 똑같다.

일을 하겠다고 자리를 부탁하는 게 잘못된 건가?

전혀 아니다.

게다가 연필신의 정체가 웃음을 팔아먹고 사는 개그우먼 아닌가?

쪽은 오래전에 우리 동네 야옹이에게 줬다.

"전화 줘봐! 빨리이이이이—"

연필신이 머리통을 감싸며 소리를 질렀다.

신묵이 후다닥 휴대폰을 건네줬다.

빵빵빵!

이때, 연필신의 품속에서 휴대폰이 늠름하게 울었다.

"여보세요? 네에! 괜찮아요 곽 PD님! 얼마든지 말씀하셔도 돼요."

'곽 PD면?'

'〈수음세〉 담당 PD야.'

연필신이 곽구현 PD와 통화를 하자 신묵과 반영구가 임금님 귀가 됐다.

"아! 그렇게 된 거였어요? 네네! 그럼요. 보조 MC면 어때요? 저야 영광이죠. 전혀 섭섭하지 않아요!"

통화를 하는 연필신이 주근깨가 보조개로 보일 만큼 웃고 있었다.

"걱정 마세요. 채나는 제 입 속에 든 껌이에요. 히히히!"

신묵과 박영구가 궁금한 듯 연필신 주위를 뱅뱅 돌았다.

"고맙습니다, 네네! 내일 일산에서 뵐게요, 들어가세요!"

꾸뻑!

연필신이 자신도 모르게 휴대폰을 향해 머리를 숙였다.

"나한테도 과연 저런 날이 올까? 얼마나 좋은 소식이면 휴대폰에 대고 절을 하냐!"

"필신아! 개그맨들에게 침묵은 금이 아니라 독이다. 먹으면 죽는 독!"

"편집하지 말고 빨리 라이브로 불어라!"

신묵과 반영구가 궁금한 듯 재촉했다.

"푸후후후."

연필신이 길게 한숨을 쉬었다.

"이히히히! 나 〈수음세〉 보조 MC야!"

"흑!"

신묵과 반영구가 마른 비명을 터뜨렸다.

"원래 채나하고 둘이 더블 MC를 맡기로 돼 있었대. 채나는 음악을 소개하고 나는 가수를 소개하고. 근데 채나가 차는 바람에… 에효효효!"

연필신이 진저리를 쳤다.

"하마터면 너까지 낙동강 오리알 될 뻔했구나?"

"흐흐흐! 축하한다, 연필신! 드디어 예능왕국이라는 DBS에 정식으로 거보를 딛는구나. 묵이나 나는 장장 십 년 동안이나 이 KBC 감옥에 갇혀 있는데."

"좋겠다. 연필신! 이거 내 통박인데 그 〈수음세〉 아주 오래 갈 거야. DBS에서 〈우스타〉 뒤를 받치는 정책적인 프로로 키우려는 냄새가 나거든."

"덕분에 너두 한 삼 년쯤은 고정으로 가는 거구!"

신묵과 반영구가 〈수음세〉 성격까지 분석하며 축하해 줬다.

"육 개월 준다, 연필신!"

"그동안 DBS에 오빠들 자리 마련해 놔!"

"오키―"

쫙!

연필신과 신묵 반영구가 하이파이브를 했다.

"연필신 동무! 카드는 준비됐나?"

"넵! 지도자 동지! 오늘밤에 카드 날이 새파랗게 서도록 쏘겠습니다."

"히히히! 하하하."

연필신과 신묵이 웃으면서 개그코너에 나오는 장면을 재현했다.

세상에서 돈이 가장 많이 모이는 곳이 도박장과 연예계라고 했다.

당연히 인재들도 벌 떼처럼 몰려들었다.

그만큼 경쟁이 살벌했고!

* * *

〈우스타〉 5라운드가 끝나면서 CMK가 그 화려한 스펙에도 불구하고 단 두 곡을 부르고 떨어져 나갔다.

물론 1등은 채나였다.

근데, 화제는 1등을 한 채나가 아니라 탈락한 CMK였다.

—그 가공할 성량과 연습량! 그런데도 떨어져 나갔어?

—교수면 뭐하고 신랑이 기획사 사장이면 뭐해?

미국 유학을 갔다 오면 뭐하냐구? 겨우 두 곡 부르고 아웃인데.

—영어 이름 쓸 때 알아봤어!

—영어 이름 쓰는 가수치고 두 곡 이상 부른 사람이 있었나?

—도대체 〈우스타〉가 얼마나 무서운데여. 특급 가수들 지옥이여?

—그 지옥에서 매번 첫 번째로 살아나는 김채나는 뭐냐?

염라대왕인가?

—빌보드 차트 1위 빌보드 차트1위 빌보드 차트 1위… 뭐 김채나?
혀에 암 걸린다. 우리 교주님 함자를 말할 때는 꼭 님 자를 붙여.

—김채나님.

—김채나? 혓바닥에 총 맞고 싶지?

—김채나님 김채나님 김채나님 김채나님 김채나님.

—빌보드 빌보드 빌보드 빌보드 빌보드 빌보드 1등입니다. 오오오
오… 우리 교주님!

　CMK가 떨어진후 〈우스타〉홈피에 누리꾼들이 달아놓은 댓
글들이었다.

　그리고 곧바로 〈우스타〉 홈피가 들끓기 시작했다.

—우리 존경하는 CMK교수님이 단 두 곡만 부르시고 보무도 당당히
집으로 돌아가셨습니다. 한데 CMK교수님 대신 한미래가 들어온다는
데! 이거 말 됩니까?

—말 되져! 한미래도 2차 오디션에서 당당히 우승했어여. 〈우스타〉 6라운드 경연에서 레귤러로 될 자격이 있져.

—〈한미래〉〈우스타〉의 한심한 미래…… 어떻게 10,000cc 이상 최 고급 승용차들이 경주를 하는데 986CC 경차가 들어옵니까?

—1차 서류 심사에 흑막이 있습니다. 어떻게 한미래 같이 지저분한 걸그룹 출신 가수가 〈우스타〉 경연에 나올 수 있죠?

—한미래는 DBS 전무이사 오도균의 외사촌 조카임. 틀리면 나를 명예훼손으로 고소할 것.

—한미래와 스캔들이 있었던 기획사 사장인 이모씨는 〈우스타〉 대 장인 백치호부장의 고등학교 동창임. 참고 파일로 ㅇㅇ고교의 동창회 명부를 첨부합니다.

—님들이 뭔가 착각하는 거 아닌가여? 지금 우리가 대통령 뽑아여? 웬 청렴결백을 그렇게 강조하져? 가수는 노래만 잘하면 되는 거져!

—님이 뭔가 착각하는 거 아닌가여? 현재 〈우스타〉에 출연하는 가 수들의 스펙을 봐여? 김채나 씨부터 남궁수덕 씨까지! UCLA 연대 콜 롬비아 버클리 등 고딩 중퇴한 한미래하고 비교가 돼여?

—물론 가수한테 학력이나 경력이 절대적인 것은 아닙니다. 하지만 가수는 공인입니다. 당연히 모범적인 스펙이 있어야 된다고 믿습니다. 더욱이 전 국민의 50%가 보는 인기 프로에 나와서 경연을 하는 가수라 면 두말할 필요 없겠지요.

—한미래씨는 지금이라도 호주로 돌아갔으면 좋겠습니다. 호주에 가셔서 〈우스타〉같은 경연 프로에 나가시면 될 듯! 서양인들처럼 행동 이 자유분방하시니……

한미래! 누리꾼들은 이 여자가수 한 사람에게 마치 한국의 미래가 걸려 있는 것처럼 난리를 피웠다.

한미래가 윙크 한번 해주면 거품을 물 위인들이었다.

누리꾼들이 〈우스타〉 홈피에 올린 한미래에 대한 수많은 댓글 중에서 정확한 것은 딱 한 가지였다.

연예기획사인 (주)HANA 엔터테인먼트 사장인 이기수와 〈우스타〉 CP인 백치호 부장과 고등학교 동창이라는 것!

한미래는 오도균 전무의 딸과 친구였으며 스캔들의 주인공인 이기수 사장은 한미래의 큰 형부였다.

그리고, 한미래가 호주로 떠난 것은 성대를 다쳐서가 아니라 어떤 정신병자가 귀가하는 한미래를 강간하려고 덮쳐서 그 후유증에 시달리다가 휴양을 겸해서 호주로 갔던 것이다.

그래서 고등학교를 중퇴했고!

이 저간의 사정을 누구보다 잘 알고 있는 〈우스타〉의 백 부장은 자신이 괜찮은 자리에 있을 때 한미래의 명예회복을 시켜주고 싶었다.

지난번 〈우스타〉 6라운드 경연에 출연할 가수 한 명을 뽑는 2차 오디션에서 한미래가 심사위원 만장일치로 결정됐을 때 백 부장은 자신도 모르게 눈물이 났다.

이제 만 스무 살……

저 꽃다운 나이에 그렇게 많은 상처를 입어도 되는 건가?

이게 모든 우리 기성세대가 잘못해서 벌어진 일인데 당연히 책임을 져야 한다.

백 부장은 여의도의 한 해장국집에 들어가 콩나물 해장국을 시켜놓고 한 시간이 넘도록 말이 없었다.

백 부장의 오른팔인 전 PD도 배는 고팠지만 눈치가 보여서 해장국을 뜨는 둥 마는 둥 했다.

"치호 형부! 밥 다 식어요. 어서 드세요!"

보다 못한 한미래가 무겁게 입을 열었다.

"으응? 그래 먹자! 야야! 전 PD 먹지 않고 뭐하나?"

"예예! 먹겠습니다. 부장님께서 드시지 않으니까 영……."

"아! 내 신경 쓰지 말고 어서 먹어. 미래도 먹구!"

백 부장이 전 PD와 한미래에게 식사를 권하며 몇 숟가락 떴다.

그리고 그만이었다. 또 침묵!

백 부장이 벽에 등을 기댄 채 또 장고에 빠져들었다.

'이렇게까지 안티가 심할 줄이야? 내가 고집을 피워 미래를 〈우스타〉 6라운드 경연에 출연시킨다면 미래가 더 큰 상처를 입는 게 아닐까? 난감하군, 난감해!'

"부장님! 저는 미래 양 문제를 이렇게 결정했으면 좋겠습니다."

보다 못한 전 PD가 단안을 내렸다.

"……."

백 부장이 말없이 전 PD를 쳐다봤다.

"이해하세요. 미래 양! 미래 양도 이제 성인이니 쉬쉬하지 않겠습니다."

"저는 전 PD님의 그 솔직한 성품을 좋아해요."

한미래가 서슴없이 전 PD의 발언에 동의했다.

"감사합니다. 미래 양!"

전 PD가 미소를 띠며 백 부장을 쳐다봤다.

"부장님이나 저나 십 년 이상 예능본부 PD를 하면서 숱한 루머들을 듣고 봤습니다. 지켜본 결과 그 루머는 같이 있는 식구들이 만들고 퍼뜨리더군요."

"그래서?"

백 부장이 처음으로 전 PD의 말에 반응을 보였다.

"반대로 말하면 밖에서 누가 뭐라든 안에 있는 식구, 옆에 있는 동료들만 찬성한다면 아무 문제가 없다고 판단됩니다."

"맞아! 우리끼리 단단히 뭉친다면 밖에 있는 오합지졸쯤이야 뭐……."

"미래양의 서류 심사 때 우리 제작진들은 모두 찬성을 했습니다. 남은 것은 6라운드 경연에 출연하는 가수들, 미래 양의 동료들만 지지해 준다면 끝나지 않을까요?"

"인정! 역시 머리 좋은 전태권 PD다."

"하하! 고맙습니다. 특히 지금 우리 〈우스타〉를 끌고 가는 가수 세 분의 의견이 중요하다고 생각합니다. 원일 씨와 남궁수덕 씨! 특히 김채나 씨가 싫어한다면……."

"항복하고 미래를 은퇴시키겠어!"

"네! 전 PD님 말에 따를게요. 경연을 같이 하는 동료들조차 싫어한다면 굳이 저도 〈우스타〉에 출연해 노래를 부르고 싶지 않아요."

백 부장과 한미래가 비장하게 결론을 내렸다.

"수배해 봐. 당장!"

"예! 부장님."

전 PD가 휴대폰을 꺼냈다.

6장

천재들의 경연

락커 원일이 DBS의 음악 프로 〈수음세〉를 맡으면서 〈우스타〉에서 사귄 지인들을 강남의 한 참치 횟집으로 초대했다.

확실히 원일은 한턱 쏠 만했다.

〈우스타〉에 출연하자마자 기다렸다는 듯 인기가 폭발하면서 제2의 전성기라는 말까지 들을 정도로 잘나가고 있었다.

팔자에 없는 아이스크림 광고까지 출연했고!

"선배님 축하해여! 이번에 DBS 〈수음세〉를 맡았다면서여?"

남궁수덕이 원일과 반갑게 악수를 하며 축하인사를 날렸다.

"고마워 수덕 씨! 앞으로 우리 프로에 자주 좀 와 줘. 그쪽으로 앉구!"

원일이 인사를 받으며 자리를 권했다.

"그럼여! 불러만 주세여. 무조건 갑니다. 누가 뭐래도 우린 〈우스타〉 동기생이잖아여? 크크!"

"하핫핫! 맞다. 그러고 보니까 〈우스타〉 2라운드 멤버 중에서 우리밖에 안 남았네. 다 떨어지고!"

"어쩔 수 없어여. 〈우스타〉같은 서바이벌 프로는 색깔이 확실하지 않으면 무조건 죽어여. 선배님이나 저는 그래도 대중들이 인정하는 색깔이 있어서 버티는 거예여!"

"그건 그래……. 자! 얘기는 천천히 하고 목마를 텐데 일단 한 잔씩 하지!"

원일이 미소를 띠며 맥주병을 들었다.

"채나 씨가 곧 도착한다니까 그때 시작하지구!"

원일의 옆에 앉아 있던 피 팀장이 브레이크를 걸었다.

"그, 그럴까요?"

"채나 씨두 와여? 선배님!"

뻘쭘해진 원일에게 남궁수덕이 반색하며 물었다.

"아하핫핫! 여러 가지로 고마워서 초대했어!"

원일이 미안한 듯 과장되게 웃으면서 대답했다.

"실은 이번에 〈수음세〉를 채나 씨 보고 맡아달라고 했나봐. DBS에서……."

"근데 한글도 제대로 모르는 내가 무슨 사회를 보냐구 사양하면서 원일 선배를 추천했져? 채나 씨가. 크크크!"

"익!"

원일이 마른 비명을 터뜨렸다.

남궁수덕이 마치 자기 머릿속에 들어와 있는 것처럼 말을 받았기 때문이다.

"이 바닥 비밀 없다는 거 잘 아실 텐데요? 채나 씨가 선배님을 〈수음세〉 메인 MC로 추천했다는 말 지난주 월요일부터 나돌았습니다."

남궁수덕의 매니저인 마 실장이 빙그레 웃으면서 끼어들었다.

"지, 지난주 월요일요? 나는 곽 PD한테 수요일 날 통보받았는데? 정말 이 바닥 살벌하다 살벌해!"

원일이 말까지 더듬으며 목청을 높였다.

"배 아프니까 살짝 흘리는 거예여! 선배님 삑사리 나라구……."

"삑사리?!"

"위에서 결제하려고 하는데 원일이는 성질이 더럽다 여자관계가 복잡하다 등등 루머가 귀에 들어오면 도장 찍겠어여?"

"당연히 다른 놈으로 방향을 틀겠지!"

"바로 그거예여. 흑색선전 어렵게 마타도어 작전! 이게 우리 연예계의 기본 행동강령 중 하나져."

"우후후! 선배님도 아시잖아요. 〈수음세〉처럼 골든타임에 방영하는 프로는 대가리 터지는 거! 뭐 심야 시간대도 마찬가지만요."

"크크크! 아무튼 채나 씨는 노래하는 거나 행동하는 걸 보면 외계인이 확실해여. 홍 본부장이나 양 국장이 얼마나 당황했을까여?"

"글쎄 말입니다. 영국에 있는 곽 PD까지 부르고 〈우스타〉 출신 가수들을 쫙 깔아놓고 채나야! 밥 먹어 했는데……."

"헤헤헤! 본부장님! 난 미국에서 오래 살아서 이런 매운 음식은 못 먹어. 그 뭐야 원숭이가 이런 음식은 잘 먹드라구!'

"푸하하하!'

남궁수덕이 어깨를 으쓱하며 채나 특유의 웃음소리와 목소리를 코믹하게 흉내내자 마 실장과 피 팀장 등이 뒤집어졌다.

그제야 원일이 돌아가는 사정을 눈치챘다.

"그럼 처음부터 김채나 때문에?'

"하… 형광등인 우리 원일 선배? 그 〈수음세〉는 DBS에서 채나 씨에게 주는 상이예여. 〈우스타〉를 하늘 높이 띄워준 공로상!'

"확실하게 각 잡히잖아요? 요즘 같은 김채나 쓰나미 시대에 채나 씨에게 골든타임에 나가는 음악 프로 하나 던져주면 방송사는 방송사대로 생색낼 수 있어 좋구 채나 씨는 또 채나 씨대로 좋고요! 시청률은 안전 빵이고 말입니다.'

"근데 일이 묘하게 돼서 주인공인 채나 씨는 빠지고 선배님이 덥석 빵을 먹었으니 촉새들이 얼마나 배가 아프겠어여? 뭐, 뭘 잘못 먹었나? 갑자기 나도 배가 아파 오네!'

"아하하하하!'

남궁수덕이 다시 능청을 떨자 원일 등이 웃어댔다.

"그 촉새들 때문이라도 죽기 살기로 해야겠구만!"

원일이 어이없다는 표정으로 말을 받았다.

씨익!

피 팀장이 보일 듯 말 듯한 미소를 지었다.

채나가 원일을 〈수음세〉 메인 MC로 추천한 이유는 단 하나였다. 피 팀장이 원일의 매니저였기 때문이었다. 그 사실을 피 팀장은 어렴풋이 짐작하고 있었다.

"야! 피 팀장 어디 있어? 아씨! 여긴 방이 왜 이렇게 많은 거야?"

문밖에서 채나의 짜증스러운 음성이 들려왔다.

"여깁니다! 이쪽으로 오시죠?"

피 팀장이 급히 장지문을 열었다.

"아… 저기다!"

채나와 연필신이 장지문이 늘어선 복도를 걸어왔다. 피 팀장이 정중히 허리를 접었다.

"미안 미안! 원숭이 오빠. 초행이라 헤맸어!"

"지송해유! 제가 촌년이라 강북에는 강한데 강남에는 약해서리."

채나와 연필신이 웃으면서 인사를 했다.

"핫핫핫! 괜찮아 구로동 꺽다리 아줌마! 내일 모레면 지긋지긋하게 같이 있을 텐데 오늘 좀 늦을 수도 있지 뭐?"

원일이 연필신의 등을 톡톡 두드렸다.

"아흐! 또 짜증나네. 〈우스타〉패와 〈수음세〉패 찢어져서 먹어여!"

"하하핫! 헤헤헤!"

남궁수덕이 농담을 하자 웃음소리가 실내를 훈훈하게 감쌌다.

이때, 피 팀장이 채나의 등 뒤에 서서 조심스럽게 등받이가 있는 좌식의자를 잡아줬다.

탈싹!

채나가 당연하다는 듯 의자에 앉았다.

이어 피 팀장이 공손히 채나 옆에 앉았다.

'확실히 이상해! 피 팀장이 채나만 보면 태도가 바뀌어. 원일 선배 매니저면서 원일 선배에게 대하는 행동과는 전혀 달라. 마치 고위층을 보필하는 수행원처럼 변해!'

머리 좋은 연필신이 피 팀장의 행동을 지켜보며 고개를 갸우뚱했다.

쩝쩝!

연필신의 의문과는 상관없이 돼지 채나는 한우갈비에서 참치회로 방향을 틀고 있었다.

"와아아! 이거 맛있네?"

"OK! OK! 많이 먹어. 그리고 이번에 고마웠다. 채나!"

원일이 미소를 띤 채 채나 앞에 참치회를 놓아주며 말을 했다.

콕!

채나가 젓가락으로 원일의 볼을 꼬집었다.

"난 MC 취미 없어. 원숭이 오빠처럼 재치있게 말도 못하구."

"흐흐! 내가 성질이 좀 그래서 그렇지 뻐꾸기는 좀 날리는 편이지!"

"섭섭해여! 채나 씨. 나도 원 선배만큼 하는데 경험도 많구……."

남궁수덕이 진짜 섭섭한 듯 채나를 째려봤다.

"헤헤헤! 덕수 오빠 미안. 본부장님이 추천을 해달라는데 기억나는 이름이 원숭이 오빠밖에 없더라구."

"너, 너 채나? 본부장님하고 얘기할 때도 원숭이라고 했냐?"

"응! 원숭이 오빠 맞잖아? 털도 많구. 왜 내가 잘못 얘기한 거야?"

"큭큭큭! 으흐흐흐!"

실내가 뒤집혔다.

"원숭이는 맞어. 채나 씨! 근데 내 이름은 덕수가 아니라 수덕이예여. 남궁수덕!

"아… 글쿠나? 내가 아직 한국어에 익숙하지 않아서 그래. 미안! 덕수 오빠."

켁! 이번엔 남궁수덕 혼자만 뒤집어졌다.

"으흐! 난 이제 채나 씨한테는 무조건 덕수여. 수덕이가 아니라?"

"하하하!"

다시 실내가 웃음바다로 변했다.

문득, 연필신이 피 팀장을 쳐다봤다.

피 팀장이 채나 옆에 앉아 젓가락으로 참치회 등을 집어서 조심스럽게 채나 접시에 놓아줬다. 채나는 전혀 개의치 않고 오물오물 먹었다.

'채나와 피 팀장은 오래전부터 가까웠던 사이가 분명해! 그렇지 않으면 저토록 자연스러울 리가 없지?'

둥둥둥둥!

이때, 원일의 품에서 북소리가 들렸다.

"웬일이셔? 〈우스타〉 백 부장님이네."

원일이 휴대폰을 보며 말했다.

"네! 백 부장님. 괜찮습니다! 그럼… 이쪽으로 오세요. 백 부장님도 잘 아는 〈우스타〉 식구들이에요. 예! 기다릴게요."

"백 부장이 무슨 일이지? 이쪽으로 온대?"

피 팀장이 원일에게 물었다.

"예! 뭐 할 말이 있다는데 내 폰이 잘못됐나? 잘 안 들려요."

원일이 휴대폰을 살펴보며 대답했다.

"아마 미래 때문일 거예여! 요즘 미래 때문에 백 부장님 골치 아프거든여."

남궁수덕이 젓가락으로 참치를 집으며 말했다.

"미래? 한미래? 걔 호주에 있지 않나? 성대 작살났다면서!"

"지난번에 백 부장님이 부른 모양이데여. 뭐 목도 잘 치료됐다니까 노래도 곧잘 한대여."

"그럼 〈우스타〉에 출연시키려구??"

"큭! 원 선배는 모르는 게 너무 많아여. 이번 6라운드부터 나온대여, 미래!"

"미치겠네! 미국, 영국, 호주 등 전 세계에 깔린 재야의 고수들이 모조리 쏟아져 나오는구만!"

원일이 과장된 제스처를 취하며 신경질적으로 참치회를 집었다.

"미래는 좀 그렇지 않나! 걸그룹 출신에 스펙도 그렇고 뭐 뚜렷이 어떤 뮤지션이다 라고 내세울 게 없잖아? 회사에 있는 애들도 막 웃더라고!"

피 팀장이 원일에게 휴대폰을 바꿔주며 말했다.

"그렇지 않아요. 미래도 노래는 잘해요. 광팬들도 엄청 많구! 〈파란들〉 할 때 혹사당해서 그렇지 괜찮은 가수예요."

원일이 미래를 감쌌다.

"뭐… 난 좀 그래! 백 부장이 어떤 생각을 하는지 모르겠지만 채나 씨가 〈우스타〉에 출연하면서 이제 〈우스타〉는 우리나라 가요계의 레전드 무대로 바뀌었어. 초창기 무대와는 전혀 다르거든."

피 팀장이 연예기획사 전무답게 정확히 판단하고 있었다.

채나가 〈우스타〉에 출연하면서 바야흐로 〈우스타〉는 노래하는 신(神)들의 전쟁으로 바뀌고 있었다.

현역 교수인 CMK가 떨어져 나간 것이 그 결정적인 증거였다.

"피 팀장님처럼 생각하는 팬들이 엄청 많더군요. 아침에 인터넷에 들어가 보니까 백 부장님 엄청 깨지더라고요! 거의 대역죄인 수준이에요."

마 실장이 매부리코를 벌름거리며 말했다.

"츳! 그 똑똑한 분이 왜 악수를 뒀지? 정말 윗선에서 압력이 있었나?"

"소문은… 오 전무 빽이라고 하대여!"

원일이 안타까운 듯 입맛을 다시자 남궁수덕이 대답했다.

"뭐, 어쨌든 할 말 없습니다. 미래 씨도 2차 오디션에서 당당하게 우승을 하고 올라왔으니까요."

마 실장이 떫은 표정으로 결론을 내렸다.

"아아! 좋아. 미래가 오든 과거가 오든 현재는 열심히 먹자구! 참치값은 내가 낼 테니까."

"하하하!"

원일이 괜찮은 뻐꾸기를 날리자 다시 실내의 분위기가 환해졌다.

바로 그때, 장지문이 열리며 백 부장과 전 PD가 벌게진 얼굴로 들어왔다.

"어이구! 여기서 〈우스타〉 경연이 열리나?"

"막강 멤버들이 여기 다 계시네요?"

백 부장과 전 PD가 원일 등을 돌아보며 너스레를 떨었다.

"하하핫! 어서 오십쇼. 백 부장님!

"크크… 우리 〈우스타〉 단합대회하고 있었어여."

원일과 남궁수덕이 자리에서 일어나며 백 부장과 악수를

했다.

"그럼 우리도 〈우스타〉 식구니 무조건 끼어야 되겠군요?"

"회비는 얼마죠? 원일 씨!"

"핫핫핫! 회비는 이미 제가 대납했습니다. 어서 앉으세요. 전 PD님도 그쪽으로 앉고!"

원일이 웃으면서 백 부장과 전 PD를 좌석에 앉혔다.

그리고 한미래가 들어왔다.

……

원일 등이 흡사 슬로비디오에서 나오는 동작처럼 천천히 한미래를 쳐다봤다.

대한민국 걸그룹 멤버의 이상형은 어떤 모습일까요?

바로 한미래입니다.

이렇게 대변되던 한미래였다.

늘씬한 키에 오뚝한 콧날, 쌍꺼풀이 진 토끼 같은 눈과 뽀얀 피부!

열세 살 어린 나이에 〈파란들〉이라는 걸그룹에 들어가 활동하다가 인기 절정에 올랐던 열일곱 살 때 성대가 파열되면서 은퇴 아닌 은퇴를 하고 쫓기듯 호주로 유학을 떠난 불운한 여자 가수… 라고 대중들에게는 알려졌다.

백 부장이 취기가 도는 듯 머리를 흔들었다.

"저기… 인사들 좀 나누세요. 아니지? 전부 구면이네. 원일 씨도 수덕 씨도 미래 잘 알지?"

"그럼요! 옛날에 방송사에서 많이 봤죠."

"제 콘서트 때 〈파란들〉이 게스트로 왔던 적도 있었어여."

"원 선배님! 오랜만에 봬요. 후… 수덕 오빠! 미래 잊지 않으셨네요?"

한미래가 원일과 수덕에게 가볍게 목례를 하면 인사를 했다.

"미래같이 예쁜 아가씨를 어떻게 잊어? 한국의 미래를 책임질 인재를!"

"흑! 고마워요. 수덕 오빠!"

남궁수덕이 농담을 하자 한미래가 울음기 섞인 음성으로 받았다.

이때, 전 PD가 열심히 참치를 입속으로 실어 나르는 채나를 힐끗 보며 백 부장에게 눈짓을 했다.

"아… 그래? 채나 씨는 잘 모르지. 미래야. 인사해라!"

"아, 아니요! 채나 언니 너무 잘아요! 인터넷에서 얼마나 유명한 분인데요? 채나 언니 노래가 빌보드 차트 싱글 부문 1위에 랭크되면서 세계 가요계가 뒤집혔을 때 얼마나 신났는지, 전 완전 광팬이에요!"

한미래가 채나를 보자 순수한 소녀 팬처럼 열광했다.

아구아구…….

채나가 참치회를 씹으며 젓가락을 흔들었다.

"미, 미안! 나 지금 돼지야!"

"불청객인 제가 미안하죠. 많이 드세요. 채나 언니! 이따가

가실 때 꼭 사인해 주시고요. 언니!"

"알았어!"

…….

한미래가 들어오자 실내 분위기가 갑자기 어색하게 바뀌었
다.

백 부장과 원일, 남궁수덕 등은 아무 말 없이 깡술만 들이켰
고 피 팀장과 마 실장, 전 PD와 한미래는 생수병을 든 채 생수
의 성분을 분석했다.

연필신은 왠지 눈치가 보여서 젓가락으로 참치회를 깨작거
리며 채나를 쳐다봤다.

'우주 저 멀리서 날아오느라 얼마나 배가 고팠겠어? 이해하
자!'

연필신이 쓴웃음을 머금으며 고개를 돌렸다.

와구와구!

언제나 분위기와는 전혀 상관없는 딱 한 사람.

채나는 보름쯤 굶은 사람처럼 정말 늠름하게 참치회를 해치
웠다.

지금쯤 아마 남태평양 어디선가 잡힌 튜나 한 마리는 충분
히 채나 뱃속으로 사라졌을 것이다.

"여러분을 뵈니 제가 이 자리에 아주 잘 왔다는 생각이 듭니
다. 이런 자리에서 이런 말을 해도 되는지 모르겠지만 꼭 해야
될 것 같은 느낌이 들어서 거두절미하고 말하겠습니다."

백 부장이 술잔을 내려놓으면 무겁게 입을 열었다.

"지금 전 국민이 미래가 〈우스타〉에 출연하는 데 대해서 한 마디씩 하고 있습니다. 아무튼 기분은 좋습니다. 얼마나 〈우스타〉에 관심이 많으시면 그러시겠습니까?"

백 부장이 민주주의 신봉자답게 국민을 빗대어 얘기를 이어갔다. 백 부장의 수다는 방송사 스튜디오든 강남의 참치집이든 가리지 않았다.

"마침 이 자리에 우리 〈우스타〉의 견인차가 된 가수 세 분이 계십니다. 저는 이 자리에서 분명히 밝히겠습니다. 세 분 중에 한 분이라도 반대한다면 저는 미래한테 맞아죽는 한이 있어도 미래를 〈우스타〉에 출연시키지 않겠습니다."

백 부장이 결심한 듯 폭탄선언을 했다.

…….

누구도 대꾸하지 않았다.

아니, 백 부장 말이 너무 비장해서 대꾸할 수가 없었다.

"물론 세 분이 찬성하신다면 제가 DBS를 그만두는 한이 있어도 미래를 〈우스타〉에 출연시키겠습니다."

"하아아! 술이 많이 되셨네. 뭔 말씀을 그렇게 살벌하게 하세요?"

원일이 술잔을 내려놓으며 말을 받았다.

"전 PD에게 물어보십시오. 원일 씨! 전 지난 닷새 동안 한 모금의 술도 입에 대지 않았습니다. 너무 정신이 말짱해서 피곤할 지경입니다. 단지 혈압이 올라가서 얼굴이 벌게진 것뿐입니다."

백 부장이 얼굴을 딱딱하게 굳히며 말했다.

"사십이 넘도록 살면서 이렇게까지 욕을 먹어 보기는 처음입니다. 휴대폰이고 뭐고 집까지 전화해서……."

전 PD가 눈치를 살피며 고개를 주억거리자 백 부장이 말을 멈추고 입을 꾹 다물었다.

"전 미래가 〈우스타〉에 출연하는 데 전혀 하자가 없다고 생각해여! 아니, 2차 오디션까지 통과해서 정정당당히 올라왔는데 누가 시비를 걸어여?"

남궁수덕이 정의파답게 주먹을 움켜쥐며 분개했다.

"괜히 안티들이 그러는 거예여. 쪼다들! 밥 처먹고 할 일들이 없어서……. 신경 쓰지 말고 백 부장님 하고 싶은 대로 하세에!"

"고맙습니다. 수덕 씨!"

백 부장이 남궁수덕에게 진심 어린 인사를 했다.

원일이 술잔을 털어 넣으며 지원 사격에 나섰다.

"나두 수덕 씨 의견에 동감이에요. 까놓고 말해서 백 부장님처럼 모든 일을 민주적으로 처리하는 PD들이 얼마나 됩니까? 이건 연예인들이 모두 인정하는 부분이에요. 미래 출연시키세요!"

원일이 열 받는 듯 말이 길어졌다.

"걸그룹 출신이면 어떻고 아이돌 출신이면 어때요? 가수는 다 같은 가수라고요!"

원일이 얼굴을 붉히며 씩씩대자 한미래가 서러움이 북받치는지 한 손으로 눈물을 닦았다.

"솔직히 자기 프로에 가수 하나 출연 못 시키는 PD가 PD예요? 정 꼬우면 다른 프로 보면 되지, 왜 〈우스타〉만 가지고 난리냐구?"

"맞습니다. 이게 무슨 대통령 뽑는 프로도 아니고 스펙이나 정통성을 왜 따지는지 참⋯⋯."

원일이 계속 분통을 터뜨리자 마 실장도 참지 못하겠는지 동조했다.

"저도 한 말씀드려도 됩니까, 백 부장님?"

피 팀장이 묵직하게 나섰다.

"물론입니다! 피 전무님도 〈우스타〉 식구니까요."

"고맙습니다, 백 부장님! 전 현재 연예기획사를 경영하는 경영자 입장에서 말씀드리겠습니다. 결론부터 말하면 미래 양을 출연시키면 〈우스타〉는 시청률이 떨어지면서 결국 대중들의 관심에서 멀어질 것입니다."

⋯⋯.

동시에 실내가 냉수와 얼음을 같이 뿌린 듯 조용해졌다.

시청률!

어느 방송사든 무조건 따라가는 진리요, 생명이요, 곧 길이었다.

피 팀장이 이 아킬레스건을 건드렸다.

"백 부장님도 잘 아실 겁니다. 대중들이 왜 〈우스타〉에 열광하는지!"

"정확히 알고 있습니다, 피 전무님! 엄청난 내공을 쌓은 내로라하는 뮤지션들이 진검 승부를 하기 때문이죠."

"바로 그렇습니다. 당장 지난주 〈우스타〉에 출현했던 뮤지션들의 면모를 보십시오. 현직 음대 교수도 떨어져 나갔습니다. 이 판에 미래 양이 들어오면……."

꽝!

굉음과 함께 젓가락 하나가 식탁 위에 깊숙이 박혔다.

그리고 저승사자가 출연했다.

"야! 피 팀장."

채나가 피 팀장을 쏘아봤다.

"헉!"

피 팀장이 마른 비명을 토하며 그대로 무릎을 꿇었다.

실내에 있던 모든 사람이 하얗게 질린 채 채나를 쳐다봤다.

이제야 우리는 살기(殺氣)……. 사람들이 아무 생각 없이 살기가 풍기네 어쩌네 하는 그 살기의 뜻을 처음 알았다.

살기의 실체를 목격했기 때문이다.

채나의 눈에서 마치 새파란 레이저 광선 같은 기운이 뻗어나왔다.

"넌 빠져, 임마!"

"예예!"

꽝!

피 팀장이 머리를 식탁 위에 박았다.

통통…….

채나가 주먹으로 피 팀장의 머리를 가볍게 때렸다.

"네가 왜 끼는 거야? 바보야! 누가 너한테 물어봤어? 물어봤냐구?"

"죄, 죄송합니다!"

꽝쾅!

재차 피 팀장이 바닥에 머리를 박았다.

"아후… 창피해! 도대체 금룡 사형은 애한테 뭘 가르친 거야? 바보처럼 아무 때나 나서고."

픽!

피 팀장이 맥주병으로 자신의 머리통을 그대로 날렸다.

와장장창…….

핏방울과 함께 유리 조각들이 우수수 떨어졌다.

"용서하십시오, 사고(師姑)!"

"보기 싫어! 밖에 나가서 얼굴이나 닦아."

"하합!"

피 팀장이 피가 흐르는 머리를 깊숙이 숙이고 재빨리 밖으로 나갔다.

…….

아무도 말을 하지 못했고 아무도 채나 얼굴을 쳐다보지 못했다.

피 팀장이 누군가?

이름 그대로 피 튀기는 인물이었다.

대한민국에서 맞짱을 까서 누구도 이길 수 없다는 무술의 고수였다.

조폭들조차 한 수 양보하는 고수로서 가끔 청와대 경호실이나 특수부대에서 무술 교관으로 초청돼 가는 진짜 사내 중의 사내였다.

그런 그를 채나는 꼬마 다루듯 했다.

지금 채나는 절대 여자가 아니었다.

살벌한 무사 하나가 채나의 등 뒤에 환상처럼 떠올라 있었다.

아주 새파랗게 빛나는 칼을 든 채… 환공(幻功)이었다.

자신의 마음속에 있는 환영을 실체화시켜 밖으로 내뿜는 무공!

선도(仙道)를 십성 이상 연마한 고수만이 시전할 수 있는 무공이었다.

이 하늘 아래 환공을 시전할 수 있는 고수는 딱 두 명이었다.

선문의 97대 대종사인 장용과 98대 대종사인 채나!

장용은 이미 죽었으니 이제 채나밖에 없었다.

연필신이 조심스럽게 채나를 쳐다봤다.

분명히 피 팀장은 채나에게 사고라고 불렀다.

사고! 스승의 누나나 여동생을 뜻한다.

그랬다.

채나와 피 팀장은 같은 문하에서 무술을 연마했다.

채나는 피 팀장의 스승과 같은 항렬의 고수였고.

그 고수가 한마디 했다.

말투는 딱 야쿠자나 마피아 보스였다.

"엄마 뱃속에서부터 스펙 쌓은 놈 있나? 스펙이란 게 자꾸 여기저기 무대에 서고 공부하다 보면 자연스럽게 쌓이는 거 아냐? 스캔들? 털어서 먼지 안 나는 새끼 있어?"

"……!"

"흥! 미국이나 한국이나 정말 이상해? 먹고 살겠다고 잘살 아보겠다고 발버둥 치면 도와줄 생각은 하지 않고 꼭 죽일 생 각부터 하더라구. 씨발!"

"언니! 흑흑…….."

한미래가 더 이상 참지 못하고 울음을 터뜨렸다.

"개좆같은 소리 하지 말고 얘 이번 주부터 〈우스타〉 출연시 켜! 알겠어? 백 부장!"

"예에! 채나 씨."

백 부장의 입에서 자신도 모르게 홍 본부장이나 김 회장한 테 쓰던 경어가 튀어나왔다.

그리고 〈개좆같은〉이라는 리드미컬한 육두문자가 쏟아지 면서 그 한 많은 한미래의 〈우스타〉 출연이 간단하게 결정되 었다.

쨍그랑!

채나가 젓가락을 던지며 벌떡 일어섰다.

"우씨! 입맛만 버렸잖아? 백 부장님이 버렸으니까 나가서 이차 사!"

이제껏 참치 한 마리를 통째로 먹고 또 이차 사란다?

확실히 먹성을 보니 마피아 보스에서 내 친구 김채나로 돌아온 게 틀림없었다.

먹성 좋고 귀엽기 짝이 없는 아주 예쁘장한 미소녀.

그것은 그저 우리한테 보이는 껍데기에 불과했지만!

"알겠습니다. 채나 씨 좋아하는 한우 갈비 먹으러 갑시다. 나도 며칠째 굶고 돌아다녔더니 머리가 핑핑 도네요."

"제가 사면 안 될까요, 언니?"

"헤헤헤! 넌 삼차……."

"……!"

이번에는 실내에 있던 사람들이 채나의 먹성에 경악했다.

노래 실력과 무술 실력만큼이나 대단한 먹성을 가진 외계인이었다.

＊　　　＊　　　＊

한미래는 〈우스타〉 6라운드 첫째 주 경연에 출연해 그 육감적인 외모를 뽐내면서 흐느끼는 듯한 보이스 컬러로 〈파란들〉의 정규 1집 첫 번째 트랙에 수록되어 공전의 히트를 친 〈백년의 사랑〉을 불렀다.

대공개홀에 앉아 있던 관객들은 여기는 한미래의 안티가 한 명도 없다는 듯이 열화와 같은 박수를 보냈다.

한미래는 화답이라도 하듯 성대 다친 사람답지 않게 폭발적인 가창력으로 〈백년의 사랑〉을 정말 한 사람을 백 년 동안 사랑한 것처럼 불렀다.

"우와아아!"

방청석에서 경탄이 섞인 환호와 진심 어린 박수가 터져 나왔다.

그리고 한미래는 무대에서 뛰어 내려가 자신의 가족이나 매니저가 아닌 채나의 품에 안겨 한참을 울었다. 채나가 한미래를 토닥여 줬다.

그렇게 〈우스타〉 6라운드 첫째 주 경연이 끝났다.

결과는 1등 김채나, 2등 한미래, 3등 원일, 4등 남궁수덕, 5등 박진호, 꼴찌가 천인태였다.

한미래는 그토록 많은 안티에게 수난을 당하면서도 〈우스타〉 경연에 나가 당당히 2위를 거머쥐었다.

인간 승리였다.

여신은 이날 다시 우리를 데리고 저 먼 우주로 노래 여행을 떠났다.

별들이 반짝이는 우주의 한복판에서 여신은 피아노 한 대만을 놓고 삶에 지친 우리를 노래로 위로해 줬고……

하지만 도하 신문에서는 채나에 대한 칭송만을 숨 막히게 쏟아냈을 뿐, 여전히 한미래에 대해서는 냉소로 일관했다.

한미래! 언제까지 〈우스타〉에서 버틸 수 있을까?

자신이 활동할 때 히트곡인 〈파란들〉의 〈백 년의 사랑〉을 열창해서
이 위를 차지했지만 그것은 관객들이 새로운 가수에게 주는 동정표가
아닐까?

우여곡절 끝에 〈우스타〉에 출연한 가수 한미래는 2위라는 좋은 성
적을 거뒀지만…….

신문 한쪽 구석에 짧은 가십으로 취급한 한미래에 대한 기
사들이었다.

어쨌든 한미래의 〈우스타〉 합류는 그렇지 않아도 폭발 직
전의 인기를 누리던 〈우스타〉의 화약고에 불을 붙였다.

한미래의 육감적인 외모와 걸그룹 출신이라는 스펙이 업그
레이드되면서 이제 십대들까지 〈우스타〉로 불러들였다.

누구나 십대를 지내봐서 알겠지만 그때는 정말 질풍노도의
시기다.

웬만한 것은 눈에 보이지도 않고 보려고 하지도 않는다. 그
들은 스펙이고 뭐고 따지지 않고 그저 가수 한미래에게 열광
했다.

바야흐로 〈우스타〉는 악수를 둬도 그 악수가 모두 묘수로
바뀌었다.

이 〈우스타 중평〉 시간은 누가 만들었는지 알 것 같았다.

틀림없이 채나하고 친한 그것도 아주 가까운 사람이 만든
포맷이었다.

채나는 정말 〈중평〉 시간만 되면 종횡무진으로 활동했다.

아무리 공짜라고 해도 그렇게 많이 먹을 수가 있을까?

신기한 것은 대중들이었다.

무슨 이유에서인지는 모르지만, 대중들은 이 돼지 채나에게 더욱 열광을 했다.

전남 함평에 사는 팬 하나는 채나에게 아예 황소 한 마리를 보내줬다.

먹성하고 인기는 비례하나?

오늘 〈우스타〉 6라운드 경연 중간 평가는 안양에 있는 유명한 삼계탕 집인 〈초원〉에서 열렸다.

채나는 아예 몸종 한 사람을 대동한 채 삼계탕을 먹고 있었다.

몸종은 유명한 가수였다. 이름은 한미래!

언제부턴지 한미래는 채나의 곁에 껌처럼 딱 붙어서 떨어질 줄을 몰랐다.

덕분에 매니저인 연필신은 너무도 편했다.

채나라는 인간은 그 자체가 지시형으로 태어나서 항상 남을 시켰다. 특히 뭘 먹을 때는 그 정도가 심해서 자기는 말없이 먹기만 했고 옆에 있는 사람에게 손가락으로 가리키기만 했다.

이거저거…….

오늘도 당연히 채나는 몸종인 한미래에게 손짓을 했다. 괴상한 것은 한미래는 몸종 체질인지 손으로 채나의 기름 묻은 입술까지 닦아줬다.

채나는 지난 한 시간 동안 무려 다섯 마리나 되는 닭을 해치웠다. 그리고 노래 한 곡을 대강 부르고 재빨리 돌아와 또 닭세 마리를 더 먹었다.

카메라는 일 분도 쉬지 않고 채나를 따라다녔다.

'으흐흐흐! 진짜 잘 먹는다. 잘 먹어! 여신 맞아? 혹 돼지가 여신으로 둔갑한 거 아냐?'

백 부장이 스탠드 카메라 옆에 서서 채나를 바라보며 빙글거렸다.

이때, 채나가 백 부장에게 조용히 다가와서 물었다.

"이 집 영양탕은 안 되나요?"

이 집 영양탕은 안 되나요? 채나가 했던 이 질문!

영계 여덟 마리를 해치우고 백 부장에게 던졌던 이 말은 아주 오랫동안 인구에 회자하던 유행어였다.

채나의 기가 막힌 멘트 한마디 덕분에 〈우스타〉 6라운드 〈중평〉 촬영이 삼십 분 동안이나 중단됐다.

와구와구!

채나는 휴식 따위와는 상관없이 한미래라는 몸종의 시중을 받으며 열심히 닭다리를 뜯었다.

"채나 씨 면회!"

백 부장이 손을 흔들며 채나를 불렀다.

"무슨 녹화장에서 면회야? 간만에 몸보신 좀 하는데, 씨이······."

채나가 닭다리를 입에 문 채 인상을 구겼다.

"해해! 언니가 혼자만 열심히 먹으니까 열 받나 봐?"

한미래가 휴지로 채나 입을 닦아줬다.

"짱나네! 이따 와서 먹을 테니까 이거 데워 달라 그래."

"네! 언니."

채나가 발딱 일어서서 백 부장 쪽으로 걸어갔다.

여전히 카메라 앵글은 채나를 쫓아갔다.

카메라 감독은 이미 이 자리에서 손맛을 봤다.

영양탕이란 준척 한 마리. 꽤 괜찮은 조황이었다.

하지만 채나는 그 깊이를 상상할 수 없는 시퍼런 바다였다. 어떤 고기가 잡힐지 아무도 몰랐다.

오랫동안 카메라를 잡아 온 베테랑으로서의 예감이었다. 그 예감은 십 초 뒤에 정확하게 맞아떨어졌다.

"미안··· 잠깐이면 돼, 채나 씨!"

나비넥타이를 맨 서울예대 김학석 교수가 백 차장 옆에서 손을 흔들었다.

"어? 김 교수님!"

채나가 반색했다.

김학석 교수는 채나가 처음 〈우스타〉 4라운드 경연에 출연하고자 예선 2차 오디션에 나갔을 때 심사위원으로 나와서 서로 구면이었다. 백 부장과는 호형호제할 만큼 가까운 사이였고.

"먹는데 불러서 죄송! 잠깐 이 곡 좀 봐 줄래, 채나 씨?"

김학석 교수가 악보 한 장을 채나에게 건넸다.

"이게 무슨 곡이죠?"

"으응! 지난달에 작곡 의뢰가 들어왔는데……."

"아… OST 곡이구나!"

"……!"

김학석 교수가 화들짝 놀랐다.

OST(오리지널 사운드 트랙)곡이란 드라마의 삽입곡을 말한다.

김학석 교수는 한 달 전쯤 드라마 관계자에게 작곡을 의뢰받아 오늘 새벽에야 겨우 완성할 수 있었다.

그리고 이 곡을 채나가 불러줬으면 하는 심정에서 악보를 들고 헐레벌떡 녹화장까지 뛰어왔다.

한데, 채나는 악보를 보자마자 곡의 성격을 알아냈던 것이다.

김학석 교수는 채나의 음악적 천재성에 다시 한 번 경탄을 금치 못했다.

본능적으로 백 부장을 쳐다봤다.

백 부장은 또 스탠다드 카메라 감독을 봤다.

카메라 감독이 안심하라는 듯 주먹을 흔들었다.

"뺨·뺨·빠……. 뺨·뺨·뺨·빠……. 뺨·뺨·뺨·뺨! 뺨·뺨·뺨……."

채나가 악보를 보면서 손가락을 흔들며 리듬을 맞췄다.

"화아! 멋있다. 총소리까지 들려? 맞다! 첩보 드라마 OST였어? 어젠지. 빰빰빰…….”

꿀꺽! 김학석 교수가 침을 삼켰다.

'뭐 이런 친구가 다 있지? 지난번에 만났을 때 천재라는 것은 확인했지만 이 정도일 줄이야? 잘하면 나한테 작곡을 의뢰한 사람 이름까지 맞추겠어.'

김학석 교수가 채나의 눈부신 곡 해석 능력에 두 손을 번쩍 들었다.

“근데 김 교수님! 왜 가사가 없어? 가사가 있음 좀 더 신날 텐데!”

“푸후! 오늘 새벽에야 겨우 작곡을 끝냈어. 채나 씨!”

“글쿠나. 아쉽네! 곡이 좋아서 불러 보고 싶은데?”

“그럼 여기서 가사를 붙여보져!”

숨소리까지 예쁘다는 인천예대 교수 남궁수덕이 나섰다.

“잠깐 볼펜 좀 빌려 주세여, 교수님!”

“여, 여기!”

김학석 교수가 얼떨결에 남궁수덕에게 볼펜을 건넸다.

남궁수덕이 고개를 숙인 채 악보를 훑어보며 뭔가 열심히 적었다.

겨우 오 분이나 지났을까?

잠깐이었다.

정말 아주 잠깐이었다.

“피보다 진한 눈물, 눈물보다 맑은 피……. 대충 됐네.”

남궁수덕이 악보 위에 깨알처럼 적인 가사를 훑어봤다.

"김 교수님! 이 정도 가사면 괜찮지 않을까여?"

남궁수덕이 김학석 교수에게 악보를 건넸다.

"그때 그 자리에… 당신의 숨결이 멈춰 있고… 하얀 눈 위에… 새겨진 당신의 발자국은 내 영혼의 흔적… 이, 이 가사를 지금 남궁 선생님이 이 자리에서 작사하신 겁니까?"

"크읏! 제가 노래 실력은 좀 그렇지만 곡을 보면 적당한 가사를 떠올리는 재주는 제법이거든여."

"어디?"

채나가 악보를 받았다.

"피보다 진한 눈물과 눈물보다 맑은 피……. 메마른 내 눈에서 그때 그 자리에……. 헤에! 가사가 곡하고 진짜 잘 어울린다."

채나가 엄지를 치켜들었다.

"덕수 오빠 완전 천재야! 천재! 어떻게 그 잠깐 사이에 이런 가사가 나와?"

"진짜 굉장하다! 굉장해!"

채나가 남궁수덕의 가슴을 툭툭 치며 감탄사를 날렸다.

"우크크크! 채나 씨한테 칭찬을 들으니까 정말 기분 좋네여! 대학교 합격했을 때보다 더 좋아여."

남궁수덕이 헤벌쭉 웃었다.

"OK! 그럼 한번 불러보자구."

"채나 씨! 이왕이면 저기 피아노 앞에서 부르지? 작곡자이신 김 교수님이 직접 피아노를 치시고……."

백 부장이 웃으면서 PD답게 연출을 했다.

"아! 그럴까요?"

"헤헤! 피아노가 있으면 훨 낫지. 선이 굵은 곡이니까!"

김학석 교수와 채나가 식당 한 편에 놓여 있는 피아노 쪽으로 다가갔다.

백 부장이 빠르게 손짓을 했다.

ENG 카메라를 멘 카메라맨 하나가 급히 채나를 쫓아갔다.

빰! 빰빰빰!

김학석 교수가 피아노를 연주하기 시작했다.

"잠깐만 교수님!"

채나가 어떤 생각이 떠오른 듯 손을 들었다.

김학석 교수가 피아노를 멈췄다.

"이리 와봐, 미래야!"

채나가 까불까불 하는 특유의 손짓으로 한미래를 불렀다.

"왜 언니?"

한미래가 나비처럼 날아왔다.

채나가 한미래에게 악보를 보여주며 뭔가 설명했다.

"이 부분하고… 이 소절… 알겠지?"

"응! 언니."

한미래가 악보를 살펴보며 고개를 끄덕였다.

"헤! 이제 시작하죠, 교수님?"

채나가 김학석 교수를 보며 사인을 보냈다

빰·빰·빰······.

김학석 교수가 미소를 띤 채 연주를 시작했다.

하얀 눈 위에 당신의 발자국은 내 가슴속의 슬픔…….

채나가 맑고 차가운 목소리로 노래를 시작했다.

당신의 숨결이 멈춰진 저 바람 소리는 내 영혼의 흔적…….

채나가 노래를 시작한 지 십 초쯤 지났을 때 〈우스타 중평〉
을 촬영하던 실내가 정말 눈이라도 온 듯 싸늘하게 얼어붙었
다.
그리고 모든 사람이 약속이나 한 것처럼 채나를 주시했다.

*피보다 진한 눈물과 눈물보다 맑은 피는 우리 사랑의 순
간……*.

채나의 노래가 계속됐다.
"으흐흐흐! 저 노래가 방금 수덕 씨가 가사를 붙인 노래야?"
한국 락 음악의 기둥이라는 원일이 식당 한편에 서서 커피
잔을 든 채 남궁수덕에게 말을 던졌다.
"크크흐! 진짜 미치겠네여! 채나 씨는 무슨 노래를 저렇게
잘해여? 갑자기 내가 눈 덮인 설원 위를 걷는 기분이예여."

남궁수덕이 몸을 부르르 떨며 말을 받았다.

"어이구— 내가 용하다 용해! 저런 가사를 삼 분만에 써내는 천재하고 악보 딱 한 번 보고 잘 녹음된 CD처럼 불러내는 외계인하고 경연을 해서 아직까지도 버티고 있다니? 진짜 진짜 훌륭하다! 원일!"

"큭큭! 가사 쓰는 건 그렇게 어려운 게······."

"됐어, 수덕 씨! 천재들이랑 길게 얘기하면 괜히 열 받아."

원일이 남궁수덕의 말을 중간에서 끊었다.

"다음에 내 노래 몇 곡 보낼 테니까 바쁘다고 핑계대지 말고 작사나 멋있게 좀 해줘!"

"큭큭! 알았어여, 원 선배!"

남궁수덕이 웃으면서 대답했다.

그때 그날들··· 이제 다시 오지 않네!

그때 한미래가 노래를 받았다.

멀리 떠나간 아주 멀리 떠나간 내 사랑··· 내 사랑··· 내 사랑!

아주 짧은 순간이었다.

한미래의 흐느끼는 듯하면서 끈적거리는 독특한 목소리가

채나의 맑고 차가운 목소리와 합쳐졌다.

"와우! 완전 그림이다 그림이야! 미래 목소리가 합쳐지니까 남녀 주인공이 이별하는 장면이 딱 떠올라!"

"노래를 들으니까 어떤 드라마인지 보지 않아도 알겠어여!"

남궁수덕과 원일이 감탄사를 연발했다.

그때 그날들…… 이제 다시 오지 않네.

멀리 떠나간 아주 멀리 떠나간 내 사랑…….

짝짝짝짝!

우레와 같은 박수 속에서 채나와 한미래의 노래가 끝났다.

김학석 교수가 남궁수덕을 피아노 앞으로 불렀다.

김학석 교수 남궁수덕 채나 한미래가 나란히 서서 관객들에게 인사를 했다.

관객들은 백 부장을 비롯한 〈우스타〉 스태프들과 〈초원〉 식당의 사장과 직원들이었다.

짝짝짝 삐삐삐…….

다시 한 번 환호와 박수가 터졌다.

백 부장이 사회자에게 사인을 보냈다.

〈우스타〉 사회자 서양해가 마이크를 든 채 김학석 교수에게 구르듯 다가갔다.

"후우! 아주 감동적인 곡이었습니다. 어떤 곡인지 여쭤 봐도 될까요, 교수님?"

"그, 글쎄요?"

서양해의 질문에 김학석 교수가 당혹해하며 백 부장을 쳐다 봤다.

김학석 교수는 역시 교수답게 간접 광고라는 오해를 걱정했다. 백 부장이 괜찮다고 손가락으로 동그라미를 그려 오케이 사인을 보냈다.

"아마 사회자분이나 여기 출연자분들은 모두 잘 아실 겁니다. 워낙 화제가 됐고 화제가 되고 있는 드라마니까요. 〈블랙 엔젤〉이라고……."

"아아아! 백억 원짜리 대하드라마 말이죠?"

김학석 교수의 말이 채 끝나기도 전에 서양해가 감탄사를 토했다.

"한 달 전쯤 제게 OST 작곡 의뢰가 들어왔어요. 간신히 곡을 끝냈는데 실은 이 곡을 쓸 때부터 김채나 씨가 부른다는 가정하에 썼거든요. 그래서 채나 씨에게 들려주려고 달려왔는데 뜻밖에 남궁 선생님이 가사를 붙여 주시고 미래 양이 피처링까지 해주셔서 아주 대곡이 될 것 같은 예감이 듭니다."

"대곡은 아주 짧은 시간에 운명처럼 만들어진다고 하더군요! 부디 대박 나시기 바랍니다."

"감사합니다."

짝짝짝!

김학석 교수가 인사를 하자 다시 박수가 터졌다.

"채나 씨! 방금 신기한 것을 목격했는데 채나 씨가 가사를 딱 한 번 훑어보고 노래를 하셨는데 아주 오랫동안 외운 사람처럼 세련되게 부르셨거든요. 어떻게 그렇게 할 수가 있죠?"

서양해가 마이크를 채나에게 돌렸다.

"그게 궁금하세요?"

"예! 정말 궁금합니다."

그때, 전 PD가 웃으면서 재빨리 휴지 한 장을 채나에게 건네줬다.

"진짜 궁금하세요?"

채나가 휴지를 든 채 씨익 웃으며 서양해 쪽으로 다가갔다.

"아뇨! 아뇨! 아뇨! 절대 궁금하지 않습니다!"

후다닥!

서양해가 바지춤을 잡고 재빨리 도망쳤다.

"아하하하하……."

실내가 웃음바다로 뒤덮였다.

"컷! 여기까지 하겠습니다. 모두 수고들 많이 하셨습니다."

백 부장이 주먹을 불끈 쥐며 녹화 종료 멘트를 했다.

이렇게 〈우스타〉6라운드 경연 〈중평〉이 끝났다.

김학석 교수가 인터뷰에서 잠깐 밝혔듯 김학석이 작곡하고 남궁수덕이 가사를 쓰고 채나 노래를 부르고 한미래가 피처링한 이 곡은, 지난해부터 연예가를 뜨겁게 달구고 있는 DBS 창사 20주년 기념으로 무려 백억 원을 투자해서 제작되는 대하드라마 〈블랙엔젤〉의 OST곡이었다.

아주 간단하게 탄생한 이 곡은 〈끝없는 사랑〉이란 제목으로 드라마가 방영되기도 전에 빅 히트를 쳐 대한민국 가요사에 손꼽히는 명곡이 되었다.

그리고 이 〈블랙엔젤〉이란 드라마가 채나의 인생에 있어서 결정적인 디딤돌이 될 줄은 이때까지만 해도 아무도 몰랐다.

OST 곡을 부른 채나조차도…….

이틀 뒤, 〈끝없는 사랑〉이란 OST 곡이 만들어지는 이 장면이 무편집으로 전국에 방영되면서 다시 한 번 대한민국을 떠들썩하게 만들었다.

더불어 이 장면은 〈우스타〉가 종영된 뒤에 꼽은 세 번째 명장면이었고 인터넷에서 즉흥이냐 연출이냐를 놓고 두고두고 논란이 된 장면이었다.

*   *   *

이 〈우스타〉 6라운드 둘째 주 경연 〈중평〉이 전국에 방영된 날 밤.

〈우스타〉 홈페이지는 완전 바보와 천재가 경연하는 개그판이었다.

─삼계탕 집에서 무슨 영양탕이 되여? 영양탕 집에서 삼계탕이 되지?

─아… 내가 존경하는 채나 교주님 맞나? 혹시 서유기에 나오는 저

팔계가 우리 교주님으로 변신을 해서 〈우스타〉에 내려온 것 아닌가?

—영양탕, 사철탕, 보신탕, 단고기탕, 멍멍탕은 어떻게 다른가요?

—거 이상한 사람이네! 그걸 왜 우리한테 물어봐? 교주님한테 물어보셔!

—근디, 김채나님이나 남궁수덕님은 확실히 천재는 천재네요. 어떻게 그 잠깐 동안 가사를 붙이고 딱 한번 악보와 가사를 훑어본 후 그렇게 멋지게 불러여?

—영양탕이나 삼계탕을 먹어봐요. 그렇게 됩니다. 주의할 점은 한꺼번에 적어도 닭 다섯 마리 이상은 먹어야 된다는 거죠. 쿨쿨쿨…….

—혹시 연출 아녀? 미리 가사를 써주고 외우게 해서… 왠지 그런 냄새가 나여.

—맞아요! 아무리 천재라도 그렇지, 어떻게 악보를 딱 한 번 보고 가사를 달고 노래를 그토록 잘하죠? 뭐 김채나 씨나 남궁수덕 씨는 이해한다고 해도 한미래가 피처링하는 건 좀 수상해요.

—님들 같은 의심병 환자들 때문에 우리 사회가 불신풍조로 들끓는 거야! 우리가 아무 생각도 없이 보니까 TV에 나오는 가수들이 우습게 보이지만 사실 〈우스타〉에서 경연하는 가수들은 모두 천재야. 님들이 무시하는 한미래도 중학교 때 전교 1등만 했어. 원한다면 성적표 사본을 퀵으로 보내줄게!

밤새 논란으로 뒤끓던 〈우스타 중평〉 연출부문은 다음 날 아침 신문으로까지 이어졌다.

〈우스타〉! 그 진화의 끝은 어딘가?

화제의 드라마 〈블랙엔젤〉의 OST 곡을 작곡한 K 교수가 가수 김채나 씨에게 노래를 부탁하는 과정에서……

〈우스타〉는 천재들의 경연이 틀림없다.

악보를 단 한 번 보고 가사를 써버는 가수.

악보와 가사를 딱 한 번 보고 잘 녹음된 CD처럼 노래하는 가수.

거기에 재빨리 곡을 해석해 피처링을 하는 가수.

이들은 분명 천재다.

만약 이것이 연출이라면 연출자가 천재고!

도하 신문에서 나름대로 기사를 썼고 덕분에 〈우스타〉는 또다시 화제의 정상에 오르며 무시무시한 시청률을 자랑했다.

심지어 음악 방송에서는 〈우스타〉 소식만 전하는 코너가 생기기도 했다.

7장

대통령 후보

요즘 〈구로동 꺽다리 아줌마〉로 상종가를 치고 있는 개그우먼 연필신은 지난 삼 개월 동안 행사를 무려 스물네 개나 뛰었다.

　삼 개월 전만 해도 한 달에 잘하면 한 건, 아주 운이 좋으면 두 건이었다. 무려 여덟 배가 증가한 것이다.

　이 모두가 채나 매니저를 맡고 〈우스타〉에 고정 출연하면서 벌어진 기현상이었다.

　연필신은 이번에 대중들이 얼마나 단순한지 새삼 느꼈다.

　사흘 밤낮을 새워 아이디어를 짜 〈개판〉에 한 코너를 올려 한 달쯤 공연을 하면 간신히 한두 군데서 행사 콜이 들어왔다.

　개런티도 삼십만 원을 넘지 못했고!

〈우스타〉는 달랐다.

시청률이 높아서인지 채나와 함께 딱 주! 꼭 세 번째 〈우스타〉에 출연했을 때부터 행사 진행을 맡아달라는 주문이 쇄도했다.

개런티도 최하 백.

스스로 생각해도 우스웠다.

'대체 내가 〈우스타〉에 출연해서 한 일이 뭐야?'

가장 열심히 한 건 채나 먹을 것 사 나른 일밖에 없었다.

굳이 내세우자면 〈중평〉 때 채나와 함께 열심히 먹어대면서 웃기는 말 몇 마디 한 거, 그게 전부였다.

그런데 대중들은 내가 꽤 레벨이 높은 개그우먼으로 착각했다.

대단한 개그우먼이 아니면 어떻게 우리 교주님과 어울려? 대중들은 그렇게 생각했다.

물론, 채나의 인기가 폭등하면서 본의 아니게 몇 번 인터뷰도 같이했고 단독 인터뷰도 했다. 질문의 99%가 채나에 관한 것이었지만!

어쨌든 기자들은 내가 고대 나온 여자라는 것에 주목하면서 〈고품격 개그우먼〉이란 닉네임을 열심히 써줬다.

당연히 여러 기업체에서 열리는 행사에 〈고품격 개그우먼〉이 초청돼 갔고… 〈개판〉만 할 때하고는 대우 자체가 달랐다. 정말 충북 영동에 있는 우리 집 뽕나무밭이 바다가 됐다.

"화제가 된 프로는 무조건 얼굴을 보여야 한다."

어떤 개그맨 선배가 한 말이었다. 이 말이 진리였다.

덕분에, 연필신은 사흘 전에 서울특별시 서초구 방배동 제4차 현대 아파트 105동 304호에 입주했다.

26평짜리 급매물이라서 현 시세에서 2천만 원 정도 싸게 샀다.

연필신이 새벽 6시에 집을 나서면서 새삼스럽게 삼 층에 있는 자신의 아파트를 살펴봤다.

지난 삼 개월 동안 행사를 뛰어서 번 돈 5천 5백, 그동안 열심히 모은 돈 4천 5백, 구로동 주공 아파트 매매대금 7천 5백, 은행융자 3천, 세금과 이사비용까지 포함해 2억 5백이 들어간 아파트였다.

한데 이 아파트에 입주한 다음 날부터는 피곤한 것도 배가 고픈 것도 느끼지 못했다.

신이 내린 아파트였다.

연필신이 막 자동차 키를 흔들면서 주차장으로 향할 때였다.

"안녕하십니까? 연 선생님! 월드 호텔 상무 추성한입니다."

고급 양복을 걸친 사십대 신사, 추 상무가 정중하게 인사를 하며 명함을 건넸다.

"월드 호텔이면 마포에 새로 지은 그 55층짜리 호텔 말인가요?"

연필신이 명함을 살피며 말을 받았다.

'히히! 또 한 건 했어. 신축 호텔이면 뻔하지. 행사초청이야.'

"하하하! 역시 〈고품격 개그우먼〉 다우시군요. 오픈한 지 일주일밖에 안 된 우리 호텔을 다 기억하시다니!"

"네에! 며칠 전에 이사하면서 대형 현수막을 본 것 같아서요."

"연 선생님! 여기서 이럴 게 아니라 차로 가시죠? 잠깐이면 됩니다."

"그러세요. 근데 추 상무님! 저 정말 시간 많이 못 드려요."

"아이고……. 잘 압니다. 용건만 간단히 말씀드리죠. 딱 오 분만 주십시오."

추상무와 연필신이 아파트 주차장에 세워진 대형 승용차에 올랐다.

"바쁘신 분 잡고 길게 말씀드리지 않겠습니다. 27일 토요일 저녁 7시에 우리 호텔에서 연예인들을 초청해 멋진 오픈 행사를 열고자 합니다. 그 행사에 김채나 씨와 연 선생님을 모시고 싶습니다."

추상무가 명확하게 용건을 밝혔다.

'봐? 행사 초청이잖아. 여기저기 불려 다니더니 도사 됐어. 히히!'

"잠깐만요, 추 상무님!"

연필신이 미소를 띠며 품속에서 수첩을 꺼내 재빨리 훑어봤다.

"다행이네요! 27일 날 7시… 스케줄이 비어 있네요."

"고맙습니다. 그럼 말이 난 김에 확실하게 말씀드리죠. 알아보니까 연 선생님은 행사 진행비가 백오십에서 이백 정도 되시더군요."

"아후, 족집게시다! 추 상무님."

'언제 오십이 올랐지?'

연필신은 재빨리 표정 관리에 들어갔다. 몇 달 전만 해도 간신히 삼십만 원 받던 개런티가 이제는 이백까지 치솟았다.

'헐! 고품격 개그우먼이란 이름값이 있잖아?'

"식사비와 기름값까지 합해서 이백 드리겠습니다. 이 정도면……?"

"네! 좋아요. 〈고품격 개그우먼〉 품위유지 비용은 충분히 돼요."

"하하하! 역시 소문대로 깔끔하시군요. 그리고 김채나 씨 개런티는……."

"채나 개런티는 굳이 말씀하실 필요 없어요. 잘 아시잖아요? 채나는 일반 행사 안 가요. 아니, 못 가요! 도저히 시간이 안 되거든요."

연필신이 손을 들며 추상무의 말을 중간에서 막았다.

"푸우우우! 그건 알지만 많이 아쉽네요. 우리 회장님께서 오천까지 말씀하셨거든요."

"오, 오, 오천요?!"

추상무가 한숨을 푹푹 쉬며 꺼낸 말에 연필신이 당황했다.

"예예! 우리 회장님 취미가 클레이 사격입니다. 김채나 씨라면 자다가도 벌떡 일어나는 광팬이세요. 채나 씨를 꼭 한번 모시고 싶다구… 물론 세계적인 스타시니까 그에 걸맞은 대우도 해드려야 하고요."

추상무가 김빠진 목소리로 말했다.

"그날 김채나 씨 앞에서 가수 몇 분이 노래를 하실 테니까 뭐 세 곡 정도만 불러주시고 앙코르 송으로 한 곡 정도 해주시면 되는데 참!"

"……."

연필신이 어지러운 듯 머리를 흔들었다.

사람들은 〈우스타〉에 내가 채나 매니저로 출연하니까 진짜 매니저로 착각하고 나를 찾아왔다. 벌써 백 건은 넘었을 거다.

나도 이제 귀찮아서 정말 채나 매니저 역할을 했다.

강 관장님께 보고하고 호프 몇 잔 얻어먹고!

지난주엔 〈신우 그룹〉 홍보이사가 채나를 초청했다. 그 사람이 와서 한 곡당 천을 불렀을 때 난 입에 거품을 물고 쓰러졌다.

노래 한 곡 부르는데 천만 원?!

정말 처음엔 소스라치게 놀랐다.

하지만 곰곰이 생각해 보니까 결코 비싼 개런티가 아니었다.

나야 채나랑 아주 가까운 친구로서 날마다 보는 가수였지만 대외적으로 채나는 이미 빌보드 차트 정상에 오르면서 세계적으로 검증받은 톱클래스의 가수였다.

과연 채나 같은 가수가 세계에 몇 명이나 될까?

손가락으로 꼽을 것이다.

곡당 천도 싼 맛이 있다.

곡당 천… 우리 동네 개천 이름하고 비슷한 곡당 천!

역시 그게 싸다고 생각했는지 일주일 뒤인 오늘은 네 곡에 오천!

기하급수적으로 개런티가 뛴다.

진짜 궁금하다. 채나의 개런티가 얼마까지 뛸까?

연필신이 수첩에 꼼꼼히 기록했다.

"죄송합니다, 추 상무님! 이 새벽에 저희 집까지 찾아주셨는데 해장국 한 그릇도 대접 못해 드리네요."

연필신이 정중하게 인사를 했다.

"어이구! 이렇게 불쑥 찾아온 제가 죄송하지요."

"저 지금 채나 데리러 가는 길이거든요. 전화 드리겠지만 기대하진 마세요, 추 상무님."

"예예! 연 선생님도 대충 짐작하셨겠지만 김채나 씨 개런티는 식사비와 기름값은 뺀 겁니다."

"아… 네! 잘 알겠습니다.

"그리고 김채나 씨야 못 오신다고 해도 연 선생님은 꼭 와주셔야 합니다. 연 선생님이 계셔야 행사가 매끄럽게 진행될 테니까요."

"아휴! 네네! 저라도 꼭 갈게요."

연필신이 승용차에서 내려 채나의 애마 영국제 SUV 렌지로 버로 갈아탔다.

"험험! 인기도 있고 볼일이야. 특급호텔 상무님이 새벽에 집까지 달려오고 장사도 짭짤하고! 내 개런티로 이백이면 딱 좋아!"

연필신이 큰기침을 하며 사이드 브레이크를 풀었다.

"근데, 채나 개런티는 식사비와 기름 값을 뺀 거라구? 그럼 도대체 얼마를 주겠다는 거야? 이 바닥 관례가 개런티의 10%를 기름 값 혹은 식사비로 치니까… 5천 5백?!"

*   *   *

부우웅!

영국제 렌지로버가 강남대로 위를 달렸다.

연필신은 평소보다 십 분 빠른 꼭 십오 분 만에 청담동의 한 스튜디오에 도착했다.

새벽이라서 길이 막히지 않은 이유도 있었지만 채나의 천문학적인 개런티에 놀라 비몽사몽 액셀러레이터를 밟았기 때문이다.

웅성웅성!

스튜디오에서는 수십 명의 스태프가 바쁘게 움직였다.

"아직도 촬영이 안 끝났나? 밤새 촬영했을 텐데 피곤하겠다, 채나!"

연필신이 눈처럼 하얀 고양이, 스노우를 안고 촬영장으로 들어갔다.

"보자! 〈우스타〉 리허설이 오후 3시니까……. 일단 밥부터 먹이고 미용실에 들렀다가 MBS TV와 대한일보 인터뷰를 끝내고 일산 호텔로 데려가서 잠을 푹 재우고……. 시간은 충분하겠네."

문득, 연필신이 손목시계를 쳐다보며 오늘 일정을 체크했다.

채나가 조명이 환하게 밝혀진 스튜디오 안에서 스포츠 웨어와 야구 모자를 걸친 채 산탄총 한 자루를 들고 있었다.

세계적인 음료수 메이커인 〈코카콜라〉의 화보집 촬영 중이었다.

"예에에! 아주 좋습니다. 좋아요!"

"채나 씨! 그 포즈 그대로 있어주세요."

파파파팍!

카메라 플래시가 터졌다.

'역시 세계적인 사격선수답다. 총 비슷한 걸 걸쳤는데도 그냥 자세가 나와?'

연필신이 산탄총을 든 채나를 보며 감탄을 했다.

"자아… 채나 씨! 수고하셨습니다. 마지막 컷입니다."

스태프 한 명이 채나에게 콜라병을 건네줬다.

"웃으면서 콜라를 아주 시원하게!"

차악! 파파파팟!

채나가 콜라병을 든 채 시원하게 마실 때 카메라 플래시가 마구 터졌다.

"캇! 오랫동안 수고하셨습니다, 채나 씨!"

"고생하셨어요, 채나 씨!"

"프로모델 저리 가라였어요, 채나 씨!"

짝짝짝!

스튜디오의 스태프들이 채나에게 다가오며 일제히 박수를 쳤다.

"이제 진짜 마지막 컷! 오늘의 하이라이트! 세계적인 슈퍼스타 김채나 씨와 우리 (주)스페이스 직원들이 함께하는 인증샷을 촬영하겠습니다."

"하하하!"

스태프들과 채나가 환하게 웃으며 채나를 중심으로 모여 포즈를 취했다.

파파팍!

장발 사내가 대여섯 개의 렌즈가 겹쳐진 마치 대포처럼 생긴 카메라를 들고 플래시를 터뜨리며 신중하게 촬영을 했다.

"여기……."

뒤이어, 장발 사내가 채나에게 코카콜라 캔을 든 채 활짝 웃는 채나의 사진이 담긴 액자와 함께 명함을 건넸다.

"헤! 무지 이쁘게 찍어주셨네? 고마워요, 편 감독님! 수고하셨어요."

채나가 액자와 명함을 받으며 인사를 했다.

"멀리 나가지 않겠습니다, 채나 씨!"

장발 사내가 깊숙이 허리를 굽혔다.

"안녕히 가세요. 채나 씨! 참고로 우리 〈스페이스〉는 앨범 재킷 촬영 전문회사랍니다."

"꼬오오오옥! 참고하세요, 채나 씨!"

"콘서트 때 초대장 보내주셔도 절대 거절하지 않을게요!"

"아하하하!"

스태프들이 웃으면서 여기저기서 인사를 했다.

채나가 미소를 띤 채 손을 흔들며 특유의 건달 걸음으로 스튜디오를 빠져나왔다.

"고생했쪄! 우리 귀염둥이. 이제 완전히 끝난 거쥬?"

연필신이 채나에게 스노우를 안겨주며 코맹맹 목소리로 말했다.

"웅⋯⋯."

쪽! 채나가 힘없이 대답하며 스노우에게 키스를 했다.

스노우가 반갑다는 듯 채나를 핥았다.

"히히히! 엄청 배고픈가 보다? 그 통통하던 엉덩이가 홀쭉해졌어."

연필신이 웃으면서 채나의 엉덩이를 두드렸다.

"빨리 나가자, 필신아! 자꾸 네가 잘 삶아놓은 강아지로 보여?"

"아이구! 네네, 마님! 마님 좋아하시는 유명한 보신탕집 알아냈습니다. 일단 일산으로 가시면서 한 댓 마리 드시고 가시지요."

"헤헤! 개는 그렇게 못 먹어. 겨우 반 마리나 먹을까?"

"바, 반 마리?! 닭도 아닌 개를?"

"쳇! 개 반 마리라고 해봐야 째끔이야, 바보야."

"구런가여? 내 친구지만 차아암 신기해요! 미국에서 십몇 년을 살았으면서 외국인들이 혐오식품이라고 치를 떠는 보신 탕까지 먹어치우니 원!"

"씨이! 이것도 다 울 할아버지 때문이야. 울 할아버지가 개를 엄청 좋아하셨거든. 지나가는 개를 때려잡아서 몰래 드실 만큼!"

"……?"

연필신은 갑자기 채나 할아버지의 정체가 궁금했다.

채나의 얘기 속에서 가장 많이 등장하는 인물이 울 오빠 그 다음에 울 할아버지였다. 엄마나 아빠 같은 부모님이나 동생 등 형제는 거의 등장하지 않았다.

우리와는 정반대였다.

하지만 연필신은 묻지 않았다.

궁금한 점은 일 초도 참지 못하는 연필신의 장기 중 하나가 자신의 궁금증이 상대방의 프라이버시와 관계가 있는 듯하면 절대 묻지도 않고 따지지도 않는 것이었다.

연필신은 왠지 채나의 말속에서 깊은 슬픔을 느꼈다.

확실히 연필신은 똑똑했다.

연필신이 궁금증을 묻어버리고 채나와 함께 렌지로버에 올라탔다.

쫙!

채나가 힘차게 자동차 앞 유리창에 붙어 있던 〈2〉라는 숫자가 쓰여 있던 달력 한 장을 뜯었다.

그러자 〈1〉이라는 숫자가 크게 쓰인 달력이 보였다.

"우헤헤헤헤! 드디어 내일 온다, 내일 와! 헤헤헤!"

채나가 연필신의 귀가 따가울 만큼 웃어대며 마구 발을 굴렀다.

연필신이 핸들을 잡은 채 어이없는 표정으로 채나를 쳐다봤다.

"애야! 죽고 싶으면 더 발광을 해라, 응?"

"헤헤헤! 안 돼! 내일까지는 무슨 일이 있어도 살아야 돼. 우헤헤헤!"

"김채나! 너 나 피 말려 죽이려고 작정한 거지? 나 죽으면 너 조의금 많이 내야 할 거다. 도대체 뭐가 내일 온다는 거야! 앙?"

연필신은 궁금한 것은 일 초도 참지 못했다. 특히 지금 채나처럼 상대방이 기분 좋아하는 것은 꼭 알아야 밥이 넘어갔다.

"울 오빠! 울 앤! 헤헤헤헤!"

"……!"

끼익!

연필신이 급브레이크를 잡으며 자동차를 길 한쪽으로 세웠다.

"지, 진짜야? 케인 박사님이 내일 서울에 오신대??"

"응응응! 진짜 진짜 진짜 와! 울 오빠!"

"근데, 왜 나한테 그동안 얘기 안 했어?"

"꿈이면 어떡해?"

오오! 신이시여—

더 이상 할 말이 없었다.

얼마나 보고 싶었으면? 꿈일까 봐 현실이 아닐까 봐 나한테 얘기조차 못 했단다.

"아까 전화 왔었지롱! 오늘 밤 11시 비행기니까 내일 밤이면 충분히 도착할 거야. 헤헤헤… 울 오빠! 채나 앤! 왜 이렇게 신나지? 짠짠!"

지난 몇 개월 동안 채나랑 붙어살다시피 하면서 채나가 저렇게 좋아하는 모습을 본 적이 없었다. 단 한 번도!

지금 막 화보 촬영이 끝난 코카콜라 CF는 6개월 단발 계약으로 3억 원짜리였다.

자그마치 3억 원! 삼억억억!

광고 시장에서 몸값은 곧 인기의 바로미터다.

몸값으로 미루어 채나는 이미 대한민국 최고 연예인이었다.

그 계약이 끝났을 때도 채나는 그저 헤헤 웃고 말았다. 지금처럼 입이 뒤통수에 걸려서 끝없이 실실거리지 않았다.

그렇게 부럽던 채나가 이때 처음으로 불쌍해 보였다.

사랑하는 사람과 떨어져 산다는 것! 그건 고통을 넘어 고문에 가깝다는 것을 겪어본 사람은 다 안다.

'아참? 월드 호텔 행사… 이때 말해보자!'

채나가 이렇게 웃을 때면 그 어떤 부탁도 들어줬다.

연필신은 그 사실을 너무 잘 알고 있었다.

"아까 월드 호텔에서 상무님이 오셨는데 채나야……."

연필신이 최대한 부드럽게 말을 꺼냈다.

"웅! 강 관장님이 전화하셨더라구… 너도 가는 거야?"

'봐? 벌써 얼마나 목소리가 부드러운가!'

"히히! 나두 오래. 구로동 껑다리 아줌마가 보고 싶대나 어쩐대나?"

"그럼 같이 가! 거기 회장님이 내 팬이라는데 얼굴이라도 보여야지 뭐."

"지, 진짜? 당장 전화한다?"

"OK! 디너쇼라니까 상무님께 맛있는 거 많이 준비해 놓으라고 해. 특히 많이를 강조해. 많이!"

"매니 매니? 알았어! 이히히히……."

연필신이 눈부신 속도로 휴대폰을 두드렸다.

채나는 사람들 앞에서 노래 부르는 것을 무엇보다 좋아했지만 이렇게 술과 밥을 먹으면서 진행하는 디너쇼 같은 행사에 출연하는 것은 엄청 싫어했다. 아니, 경멸할 정도였다.

술꾼들에게 자신의 노래를 파는 수치심을 느끼기 때문인 것 같았다.

하지만 오늘은 예외였다.

그 이유의 절반은 내일 온다는 케인 박사님 때문이었고 나머지 절반은 월드 호텔 회장님이 클레이 사격 매니아로 사격 선수 채나 킴의 팬이기 때문이었다.

대한민국 연예인 중에 행사 섭외 영순위인 채나는 일반 행사에는 거의 가지 않았지만 특이하게도 스포츠계 행사에는 시간이 되는 한 거절하지 않고 참석했다.

애국가만 해도 벌써 스물다섯 번이나 불렀을 정도니 얼마나 많이 갔는지 충분히 짐작될 것이다.

그 이유 중 하나가 수많은 스포츠 협회나 조직위원회에서 기를 쓰고 채나를 초청하려 했기 때문이다. 아예 사격협회 같은 곳은 채나 스케줄에 맞춰 행사를 개최했다.

얼마나 모양이 좋은가?

올림픽과 세계대회에서 수십 개의 금메달을 딴 슈퍼스타요, 세계정상급 가수가 행사에 참석해 애국가나 축가를 부르고 격려해 준다는 것이…….

덕분에, 채나가 지금 같은 호텔 행사나 어떤 축제에 가며 그 관계자들은 채나를 돈 받고 노래 부르러 온 가수가 아니라 초대받은 VIP 대우를 했다.

채나와 같이 간 나는 개그우먼이 아니라 VIP를 보필하는 수행원 대우를 해줬고!

당연히 내 개런티도 계산이 달라졌다. 히히히…….

채나가 월드 호텔 행사에 나랑 같이 가줌으로써 호시탐탐

노리던 올해 초 현대 자동차에서 출시한 3,500cc 대형 승용차 타이거가 나를 향해 활짝 웃었다.

힐끔힐끔!
연필신이 핸들을 잡은 채 계속 백미러를 쳐다봤다.
막 자유로가 끝나는 지점이었다.
"이상하네? 아까부터 계속 따라와."
연필신이 잘못 판단했다. 따라오는 것이 아니라 같이 왔다.
십여 대의 검은 승용차가 일렬종대로 늘어선 채 연필신이 운전하는 차의 속력에 맞춰서 조용히 따라왔으니까!
채나가 백미러를 쳐다봤다.
"조용한데 가서 차 세워!"
채나가 딱딱하게 얼굴을 굳힌 채 말했다.
"알았어!"
연필신이 힘차게 대답하며 렌지로버의 악셀을 밟았다.
연필신은 채나와 오랫동안 같이 다니면서 채나가 지구인은 도저히 이해할 수 없는 외계인이라는 것을 확신했다.
외계인에게 질문이나 의문 따위는 필요 없었다. 지구인은 그저 외계인이 시키는 대로 하면 됐다.
연필신은 어느새 채나에게 완벽하게 적응하고 있었다.
끼익!
최고급 SUV 자동차 렌지로버가 일산 시내에서 멀리 떨어진 어떤 야산의 중턱에서 멈췄다. 공사가 중단되어 건축 자재들이 여기저기 널려진 흉물스러운 현장이었다.

끼익!

뒤따라오던 십여 대의 승용차가 일제히 멈췄다.

처처처척…….

승용차에서 양복을 걸친 삼십여 명의 건장한 청년이 뛰어내렸다. 하나같이 매서운 눈동자와 다부진 체격을 가지고 있었다.

"검(劍)!"

채나가 손을 뻗으며 말했다.

"여, 여기!"

연필신이 재빨리 자동차 뒷좌석에 놓여 있던 자주색 보자기에 쌓인 1미터 길이의 기물을 채나에게 건네줬다.

연필신이 이 기물의 정체가 검이라는 것을 알게 된 것은 채나가 차에 실은 지 딱 삼 초 뒤였다. 어떤 이유인지는 모르지만 채나는 오래전부터 이 검을 가지고 다녔다.

성큼!

채나가 보자기에 쌓인 검을 든 채 차에서 내렸다.

"옹? 저 사람은 피 팀장?!"

연필신이 차창 밖을 쳐다보며 눈을 동그랗게 떴다.

반백의 오십대 신사가 가수 원일의 매니저인 피 팀장의 호위를 받으며 승용차에서 내렸다.

"흑!"

연필신의 입에서 헛바람 소리가 터졌다.

검은색 양복을 잘 차려입은 멋진 풍채의 오십대 신사 손에는 2미터는 족히 될 듯한 거대한 기형도가 들려 있었다.

반달 모형의 칼 언월도!

싯누런 용이 양각된 금룡언월도(金龍偃月刀)였다.

"어디서 영화 촬영하나? 무슨 저런 칼을 들고 다니지?"

연필신의 작은 눈이 테니스공만큼이나 커졌다.

"그런데 저 반백의 아저씨는 어디서 많이 본 듯한 사람인데? 누구지?"

연필신이 얼굴을 찌푸렸다.

"맞아! 우리 대학 선배님! 민주평화당의 사무총장 민광주 의원이야."

민주평화당의 민광주 사무총장.

고려대학교 정치학과 출신으로 그 살벌했던 군사정권과 맞서 싸운 열사로서 대한민국 민주주의의 표상이었다.

그 민광주 의원이 일산의 한 야산 중턱에서 거대한 언월도를 들고 등장한 것이다. 영화배우나 탤런트도 아닌 국회의원이 말이다.

촤악!

채나가 검을 뽑았다.

역시 황금빛 용이 각인된 금룡검(金龍劍)이었다.

검(劍)과 도(刀)의 가장 큰 차이점은 검은 날이 두 개고 도는 날이 하나라는 것이다.

지금 채나가 들고 있는 금룡검은 날이 두 개였고 민광주 의원이 거머쥐고 있는 금룡언월도는 날이 하나였다.

……

백발의 신사 민광주 의원과 채나가 언월도와 검을 치켜든 채 무섭게 대치하고 있었다.

딸꾹딸꾹!

연필신이 입에서 연신 딸꾹질이 나왔다.

팡…….

그때 양손으로 언월도를 거머쥔 민광주 의원이 비호처럼 몸을 날리며 채나의 머리를 쓸어갔다.

채나가 검을 치켜든 채 마주쳐 갔다.

카캉캉!

허공에서 언월도와 검이 몇 번인가 부닥치고 다시 채나와 민광주 의원이 서로 등을 진 채 우뚝 서 있었다.

동시에 민광주 의원이 언월도를 비스듬히 든 채 몸을 휙 돌리며 채나를 덮쳐갔다.

카카카캉!

연속해서 언월도와 검이 부닥치며 새파란 불꽃이 튀었다.

사각!

한순간, 채나의 검이 민광주 의원의 가슴을 스치고 지나갔다.

팔랑…….

민광주 의원의 양복 깃이 베어져 바람에 날렸다.

"쿵! 이제 나이를 먹었다고 사매한테 십 초도 못 버티는구만."

민광주 의원이 피 팀장에게 언월도를 건네주며 씁쓸하게 말을 뱉었다.

"헤헤! 그래도 좋아. 아직 파워가 있어!"

채나가 미소를 띠며 말을 받았다.

"껄껄껄! 미안했다 사매! 오랜만에 모국에 왔는데 밥 한 끼 같이 못 하구……. 지금 막 호주에서 왔어."

민광주 의원이 미소를 띠며 채나의 손을 잡았다.

"헤헤! 나두 정신없었는데 뭘. 그래도 금룡 사형 얼굴을 보니까 너무 좋다. 할아버지 생각도 나구!"

"녀석!"

채나와 민광주 의원이 천천히 공터를 걸어갔다.

"선생님… 상은 잘 치렀지?"

"우씨! 잘 치루긴? 엄청 고생했어."

채나가 질렸다는 듯 고개를 설레설레 저었다.

"도대체 할아버지는 유골을 뿌려 달라는 데가 왜 그렇게 많은 거야? 로키 산맥, 애팔라치아 산맥, 그랜드 캐년, 미시시피 강 등등 어후! 비행기를 몇 번이나 갈아탔는지 몰라! 오빠랑 한 달 동안 미국을 일주하다시피 했다니까?"

"으핫핫핫핫!"

민광주 의원이 한참이나 웃어댔다.

"역시 선생님이시다! 생전에도 그렇게 괴팍하시더니 원?"

민광주 의원이 미소를 지으며 짱 할아버지를 생각하는 듯 허공 저편을 쳐다봤다.

"또 나만 당신 제자야? 왜 아홉 명이나 되는 사형들을 못 오게 해? 하여튼 나 골탕 먹이려고 작정을 했어요. 작정을!"

"대종사께서 귀천(歸天)하시면 직전 제자 두 명만이 참관하는 게 본문의 법도지."

민광주 의원이 묵직하게 말을 받았다.

"쳇! 무슨 그런 괴상한 법도가 다 있어? 초상집에 사람이 많으면 많을수록 좋은 거지. 이제 내가 대장이니까 내 맘대로 할 거야!"

"……!"

선문의 97대 대종사 짱 할아버지 장룡은 생전에 열한 명의 제자를 뒀다. 두 명의 직전 제자와 아홉 명의 외전 제자였다.

두 명의 직전 제자는 채나와 케인이었고 금룡 민광주 의원은 외전 제자 중 셋째였다.

사문의 모든 비술을 대종사로부터 직접 사사한 제자를 직전 제자라 하고 대종사의 아들이나 손자 혹은 친인척에게 사사한 제자를 외전 제자라 했다.

물론, 외전 제자라 해도 이따금 대종사가 직접 만나 가르침을 줬으니 직전 제자와의 배움 차이는 그리 크지 않았다.

하지만 사문에 대한 권리에서 직전 제자와 외전 제자의 차이는 컸다.

외전 제자들은 사문의 모든 대소사에 일체 관여하지 못하고 심지어 대종사의 임종까지도 지켜보지 못하게 하는 것이 선문의 법도였다.

턱!

채나가 가지고 있던 검을 민광주 의원에게 던졌다.

"이 검을 왜?!"

민광주 의원이 검을 받으며 흠칫했다.

"용도(龍刀)와 용검(龍劍)이 합쳐지면 한국에 있는 사문의 재산을 찾을 수 있다며?"

"그럴 거다. 자세히는 모르지만……."

"그거 찾아 써! 금룡 사형이."

"윽!"

민광주 의원이 마른 비명을 토했다.

"지난번에 대사형과 둘째 사형이 오셨기에 혈봉도와 백사검(白獅劍)을 드렸어. 앞으로 난 러시아와 프랑스 등에 있는 사형들도 만나서 사문의 재산을 모조리 나눠줄 거야!"

채나가 지나가듯 담담히 말했다.

"사, 사, 사매?!"

민광주 의원이 얼마나 당황했는지 말까지 더듬었다.

그는 군부독재 시절 군사법정에서 사형을 선고받을 때도 이처럼 당황하지는 않았다.

그만큼 채나의 행동은 파격적이었다.

"도무지 이해가 안 돼! 대체 왜 그 오랜 세월 동안 재산을 숨겨놓은 거야? 아니, 사문의 재산이면 당연히 사손들에게 나눠줘야 하는 거 아냐. 그걸 왜 움켜쥐고 있냐구? 누구 약 올리나?"

채나가 얼굴이 붉어지며 목청을 높였다.

"그, 그건 고래로 내려온 사문의 법도다. 사, 사매!"

민광주 의원이 진정이 안 되는 듯 계속해서 말을 더듬었다.

"됐어! 이제 사문의 법을 집행하는 사람은 나야. 사형! 할아버지가 할아버지 길을 갔듯 나도 내 길을 갈 거야!"

"……"

채나가 눈을 빛내며 말하자 민광주 의원이 입을 꽉 닫았다.

여기서 한 발 더 나가면 아랫사람이 윗사람에게 죄를 범하는 하극상(下剋上)이 된다.

선문에서 하극상은 곧 죽음이었다.

"재산을 찾아서 정치자금으로 써! 이왕 정치를 시작했으면 대통령이 돼야지. 대한민국 대통령이 돼 봐. 그럼 하늘에 계신 할아버지도 사형을 무지 칭찬하실 거야."

"……!"

"헤헤! 몰랐지? 할아버지가 은근히 벼슬을 밝힌다구!"

채나가 마음이 가라앉았는지 특유의 웃음을 터뜨렸다.

"……!"

"돈이 남으면 쟤 좀 보태줘."

채나가 저편에 조용히 서 있는 피 팀장을 가리켰다.

"흡!"

피 팀장이 움찔했다.

"나이 먹어서 꼬마들 심부름이나 하고… 불쌍해! 몇 명 되지도 않는 사손들이 이렇게 사는 건 다 할아버지가 재산을 숨겨

났기 때문이야. 씨이!"

갑자기 채나가 짜증을 내며 돌아섰다.

"다음에 봐 사형!"

부웅!

순식간에 채나가 탄 차가 사라져 갔다.

역시 외계인다운 이별이었다.

민광주 의원이 멀어져 가는 채나 차를 물끄러미 쳐다봤다.

차가 완전히 사라진 뒤에도 오랫동안 시선을 떼지 못했다.

"껄껄껄껄껄!"

문득 민광주 의원이 파안대소를 터뜨렸다.

"너는 정말 좋은 사고를 쳤구나, 대치야! 나는 기막힌 사매를 쳤고."

"예! 선생님."

피 팀장이 허리를 굽힌 채 정중히 대답했다.

"대한민국 대통령이라? 뭐 어려울 거 없지! 더욱이 대종사의 명이라면 목숨을 걸고 따르는 수밖에!"

민광주 의원이 지나가는 바람처럼 중얼거렸다.

"으헛헛헛헛헛헛—"

돌연, 민광주 의원이 하늘을 쳐다보며 앙천광소를 터뜨렸다.

그 웃음소리는 저편 하늘 위로 아주 멀리멀리 퍼져 나갔다.

*   *   *

오늘은 대한방송사 DBS 대공개 홀에서 〈우스타〉 6라운드 셋째 주 경연이 있는 날이었다.

셋째 주 경연이니 당연히 탈락자가 나온다.

채나는 〈우스타〉 4라운드 경연에 출연하면서 지금까지 연속 다섯 번 1등을 했다. 그것도 압도적인 표 차이로!

이제 채나와 같이 경연하는 가수들은 아예 1등은 생각조차 하지 않았다.

많은 가요 전문가가 지적하듯 빌보드 차트의 정상을 넘나드는 채나와 노래로 경연을 한다는 것은 확실히 무리가 있었다.

덕분에 2등을 목표로 치열한 경쟁이 펼쳐졌다.

하지만 그 2등조차 버거운 실정이 됐다.

한미래라는 다크호스가 등장했기 때문이다.

채나가 일산의 어떤 공터에서 한바탕 칼부림을 한 뒤…….

인터뷰 두 개를 끝내고 강북호텔에서 다섯 시간쯤 눈을 붙인 뒤 영양탕 특 곱빼기로 점심을 마친 후 대한방송사 DBS 지하 주차장에 도착한 것은 정확히 오후 1시였다.

"힉!"

연필신은 DBS 지하주차장에 차를 세울 때 간이 입 밖으로 튀어나오는 줄 알았다.

피 팀장이 자주색 보자기에 싸인 검을 든 채 우뚝 서 있었다.

연필신은 채나와 민광주 의원의 비무를 목격한 뒤 긴 막대기만 봐도 경기를 했다.

번쩍!

아침 햇살에 비추는 새파란 칼날이 공기를 찢으며 날아가고 시뻘건 불꽃을 튀기며 사람의 목을 향해 아슬아슬하게 스치고 지나갔다.

이런 장면을 실제 목격하면 누구든 오금이 저리고 오줌을 지리게 된다.

아무리 깡이 좋은 〈구로동 꺽다리 아줌마〉라고 해도 예외는 아니었다.

채나가 차에서 내렸다.

피 팀장이 허리를 깊숙이 숙인 채 보자기에 싸인 검을 내밀었다.

"벌써 끝났어?"

채나가 검을 받으며 말했다.

"옛! 칼날과 검날에 영국계 은행인 로이드 뱅크의 VIP 시크리트 케이스 넘버가 기록돼 있었습니다."

피 팀장이 채 흥분이 가시지 않은 듯 은은히 떨리는 음성으로 대답했다.

"비밀함이 보관돼 있었어? 그래서 돈을 찾은 거야, 뭐야?"

채나가 얼굴을 찌푸렸다.

"아무래도 직접 은행에 가셔야 될 것 같습니다."

"내가? 왜?"

"케이스를 열 수 있는 키가 선생님과 사고의 지문인식 카드로 만들어졌답니다."

"지, 지문인식 카드? 울 할아버지 진짜 여러 가지 하셨네. 도대체 뭐가 들어 있는데 그래?"

"예! 한국, 미국, 일본, 중국, 영국 등 세계 각국의 정부에서 발행한 채권과 CD(무기명 현금 통화증권) 수십 장이 보관돼 있다는 은행 측 관계자의 브리핑이었습니다."

피 팀장이 채나와 함께 지하 주차장을 걸어가며 지하 주차장에 살고 있는 쥐들도 들을 수 없을 만큼 작은 목소리로 말했다.

머리 좋은 연필신은 이미 조용히 뒤로 빠져 있었고.

"헤에! 세계 각국의 채권이 보관돼 있어? 하여튼 울 할아버지 굉장하다니까! 액수는 얼마나 되구?"

"정확한 액수는 비밀함을 열어봐야 알 수 있다는군요."

"그래? 아무튼 금룡 사형이 돈 걱정하지 않고 정치를 할 정도만 나왔음 좋겠다."

채나가 기대에 찬 눈빛으로 고개를 주억거렸다.

"그 정도는 충분히 될 듯합니다. 은행 관계자가 귀띔하길 이런 비밀함에 보관된 현금통화증권(CD)들은 대개 백억 대가 넘는다고 합니다.

"화아아! 꽤 되겠는데……. 그럴 거야! 어디 울 할아버지가 만만한 분이신가? 아마 우리가 상상 못할 액수를 꼬불쳐 놓으셨을 거야. 헤헤!"

채나가 흡족한 듯 특유의 웃음을 터뜨렸다.

"아주 잘됐다. 나를 찾는걸 보니까 내 몫도 좀 있는 모양인데 그거 나오면 너 줄게!"

"……!"

피 팀장의 눈이 축구공만큼 커졌다.

실은 은행에서 나올 때 이미 민광주 의원이 사문의 재산에 대한 분배를 확실하게 못 박았다.

은행 금고에서 10원이 나오든 10조 원이 나오든 채나 50%, 민광주 의원 40%, 피 팀장 10%로 나눈다!

한데, 채나는 자신의 몫을 피 팀장에게 주겠다고 했다.

"이번 기회에 너도 정치 쪽으로 가. 거기 가서 네 꿈을 이뤄!"

쾅!

순간, 피 팀장은 채나가 자신의 심장을 힘껏 움켜쥐었다가 놓는 충격을 받았다.

어릴 때부터 지금까지 가슴 깊이 숨겨둔 비밀을 채나가 끄집어냈기 때문이었다.

피 팀장은 어릴 때 민광주 의원을 만난 뒤 한국 정치계를 쥐락펴락하는 정치가가 되겠다는 꿈을 아무도 모르게 키워왔다.

그래서 나름 스펙을 쌓기 위해 대학도 정치외교학과를 택했고 군대도 ROTC 장교로서 특수전사령부에서 사 년 동안 복무했다.

군대를 전역하자마자 물 좋다는 연예기획사인 (주)TNT에 부장으로 입사했다. 피 팀장이 연예기획사에 입사한 이유는 단순 무식했다.

정치자금을 벌기 위해서였다.

고래로 정치는 사람이 하는 것이 아니라 돈이 하는 것이라고 했다.

오죽하면 황제나 왕 같은 무소불위의 권력자들도 아무도 몰래 비자금을 마련해 뒀을까?

피 팀장은 이 진리를 오래전부터 깨닫고 있었기에 황금어장이라는 연예계에 들어가 돈을 벌어 자신이 정치계에 입문했을 때 사용하려 했던 것이다.

피 팀장은 입사한 지 딱 삼 개월 만에 꿈에서 깼다.

자신이 목적했던 몇십 억 몇백 억이란 거액은 하늘에서 점지한 연예인이거나 연예계를 좌지우지하는 기획사 오너나 만질 수 있는 돈이었다.

자신 같은 월급쟁이는 그저 먼발치에서 구경이나 하고 뽀찌나 얻어먹는 정도였다.

그리고 세월이 흘러가면서 조금씩 피 팀장의 꿈도 멀어져 갔다.

그때, 피 팀장이 신처럼 존경하던 사문의 최고 어른이 멀리 외계에서 날아왔다. 성탄절은 한참 멀었는데 산타클로스처럼 선물을 한 보따리 메고!

"국회의원 피대치! 대통령 피대치! 좋은데? 멋있어!"

채나가 미소를 띤 채 피 팀장의 어깨를 툭툭 쳤다.

"사, 사고님?"

"그동안 꼬마들 쫓아다니느라고 쪽팔렸지? 이제 남의 눈치 보지 말고 네가 하고 싶은 일을 하면서 살아."

"……!"

"난 할아버지처럼 제자들 삶에 수수방관하지 않을 거야. 사형들이나 사질들이 자신들이 원하는 꿈을 이루고 살아갈 수 있도록 최선을 다해 도와줄 거야!"

채나가 사질인 피 팀장에게 선문의 98대 대종사로서의 포부를 밝혔다.

"일종의 밑밥이지! 니가 잘돼야 나한테 빵을 하나 사줘도 비싸고 맛있는 빵을 사줄 테니까? 헤헤헤……."

채나가 장난스럽게 피 팀장의 가슴을 콕콕 찔렀다.

"예에! 아주 맛있는 빵을 사드리겠습니다. 기대하셔도 좋습니다!"

"헤헤! 은행갈 때 연락해."

"옛! 사고."

채나가 귀엽게 손을 흔들며 어둠침침한 지하주차장 저쪽으로 걸어갔다.

피 팀장이 몸을 가늘게 떨면서 채나의 뒷모습을 물끄러미 쳐다봤다.

피 팀장은 지금까지 살아오면서 스승인 민광주 의원이 가장 그릇이 크고 인격이 고매하다고 생각했다.

하지만 오늘 채나를 만나면서 왠지 그 생각이 흔들렸다.

피 팀장은 삼 년 뒤에 전라북도 전주에서 국회의원에 당선

됐다.

연예기획사 임원 출신답게 인기 연예인들까지 동원한 화려한 선거전을 펼친 끝에 전국 최다 득표로 당당히 대한민국 국회에 입성했다.

그리 멀지 않은 이야기.

8장

국민박사

"아니, 쟤들이 왜 저기 있지?"

채나와 조금 떨어져서 걸어오던 연필신의 눈꼬리가 올라갔다.

"깔깔깔깔!"

〈우스타〉 제작진에서 채나에게 보내준 분장실 직원인 구경아 코디네이터와 엄선임 스타일리스트, 김송희 메이컵 아티스트 등이 주차장 입구에 서서 수다를 떨고 있었다.

"구 코디! 엄 스타! 너희 여기서 뭐하는 거야? 왜 대기실에 있지 않고 여기 있어?"

연필신이 주차장 입구 쪽으로 다가가며 소리쳤다.

연필신은 겉모습과 달리 모든 일에 아주 철저했고 성실했다. 대기실에서 준비를 하고 기다려야 할 분장실 직원들이 한 가롭게 밖에서 수다를 떨고 있으니 화가 난 것이다.

"어? 안녕하세요. 필신 언니!"

"나오셨어요? 언니!"

구 코디와 엄 스타 등이 분분히 인사를 했다.

"헤헤! 무슨 일이야? 나 보고 싶어 주차장까지 마중 나온 거야?"

뒤이어 채나가 특유의 걸음으로 다가오며 말을 걸었다.

"어머 어머! 채나 언니! 안녕하셨어요?"

"호호호……. 한 주 동안 별일 없으셨죠? 언니!"

"아휴! 언니 얼굴 까칠하다! 피곤하신가 보다?"

"송희야! 너 오늘 메이크업 신경 안 쓰면 사망이다."

구 코디 등이 채나를 보자마자 반색을 하며 호들갑을 떨었다.

"흥! 얘들아! 〈구로동 꺽다리 아줌마〉 화낼까? 금방 언니가 왜 여기들 계시냐고 물었지? 대기실에 있지 않고!"

연필신이 코 평수를 넓히며 옥타브를 올렸다.

"피휴휴! 대기실에 한번 가보세요. 필신 언니!"

구 코디가 주차장이 꺼져라 한숨을 쉬었다.

"채나 언니 대기실은 아침부터 완전 시장통이에요."

"복도구 어디구 서 있을 자리조차 없어요!"

"오죽하면 자동차도 아닌데 주차장까지 밀려왔겠어요?"

엄 스타 등이 입술을 삐쭉이며 불만을 토로했다.

"우헤헤! 일단 들어가보자구. 우리가 쥔인데 쥔이 손님한테 쫓겨나면 안 되지!"

"오냐! 오늘도 잡상인들이 설친단 말이지? 좋아! 〈구로동 껵다리 아줌마〉가 선봉에 서마. 모두 내 뒤를 따르라!"

연필신이 마치 노량해전의 이순신 장군처럼 외치며 걸어갔다.

"호호호."

구 코디와 엄 스타 등이 깔깔대며 연필신 뒤를 쫓아갔다.

채나는 DBS 대한방송사에 도착하면 몇 가지 행사를 치른다.

먼저 식전 행사.

화려한 꽃무늬 남방에 빨강 중절모를 쓴 강 관장이 모나리자 미소를 머금은 채 대기실로 통하는 복도 입구에 서서 손을 흔들었다.

"어머! 강 관장님!"

"와아아! 세계챔프 오셨네!"

"어쩜 어쩜! 중절모 죽인다. 누가 코디를 했지?"

구 코디와 엄 스타 등이 강 관장에게 달라붙어 애교를 떨었다.

"껄껄껄! 오냐 오냐! 우리 채나 돌봐주느라고 고생들 많다. 악수나 한 번씩 하자!"

강 관장이 고개를 주억거리며 구 코디 등과 힘차게 악수를 했다.

"아후! 강 관장님은……."

"아이! 고맙습니다."

구 코디와 엄 스타 등이 강 관장과 악수한 손을 꼭 쥔 채 얼굴을 붉혔다.

성추행? 아니었다.

"자아! 다음 주에 보자구. 이 몸은 바빠서 이만 실례!"

찡긋!

강 관장이 채나에게 윙크를 하며 대기실 복도를 빠져나갔다.

"야! 구 코디. 지금 저 오빠 패션이 정상이냐?"

채나가 어이없는 표정으로 강 관장의 뒷모습을 쳐다보며 말했다.

"깔깔! 약간 튀지만 그래도 괜찮아요."

"그럼요! 요즘은 개성시대잖아요. 채나 언니!"

구 코디와 엄 스타가 강 관장 편을 들었다.

"아무리 그래도 그렇지 어떻게 꽃무늬 남방에 빨강 중절모를 쓰고 다녀? 난 무슨 약장사가 온 줄 알았어. 아후! 창피해."

"깔깔깔! 이히히히!"

채나가 고개를 흔들자 연필신과 구 코디 등이 자지러졌다.

약장사, 강 관장은 〈우스타〉 녹화가 있는 날이면 세상없어도 방송사에 나와 〈우스타〉 스태프들에게 인사를 했다.

지금도 강 관장은 지난주처럼 구 코디 등과 악수를 하며 10만 원짜리 수표 한 장씩을 몰래 쥐어줬다.

DBS 분장실 직원들은 대부분 다른 회사에서 파견 나온 사원들이다.

DBS의 정규직원이 아니라 흔히 말하는 비정규 직원들이었다. 월급은 60만 원에서 70만 원 남짓… 얼마나 춥고 배고프겠는가?

10만 원이란 돈은 이들에게 꽤나 큰돈이었다.

당연히 이들은 채나에게 최선을 다했다. 파운데이션이라도 한 번 더 칠해주려고 노력했고 노래와 맞는 의상을 어떻게든 구해서 채나를 무대에 세웠던 것이다.

21세기가 시작된 오늘날에는 아무리 노래를 잘하고 아무리 연기를 잘한다 해도 혼자서는 도저히 스타가 될 수 없었다.

적게는 수십 명, 많게는 수백 명의 사람이 밀어주고 끌어줘야 스타가 될 수 있었다.

강 관장은 그 생리를 누구보다도 잘 알고 있었기에 아주 과감하게 배팅을 했다.

역시 강 관장이 못하는 것은 세상에 딱 하나였다.

고스톱!

"욱! 강적이다."

연필신이 채나 대기실을 살펴보다가 깜짝 놀랐다.

이십 평쯤 되는 넓은 대기실에는 50인치짜리 모니터가 한쪽 벽면을 꽉 채우고 있었고 그 건너편에는 방송용 스탠다드 카메라 한 대가 장승처럼 버티고 있었다.

거기에 ENG 카메라 석 대 HD 카메라 두 대, 방송용 캠코더까지 합해서 카메라만 도합 여덟 대가 대낮처럼 밝힌 조명과 함께 도열해 있었다.

'도대체 왜 이렇게 카메라가 많은 거야? 여긴 가수 김채나 대기실이지 드라마 촬영장이 아니잖아?'

연필신이 카메라 조명을 피하며 눈살을 찌푸렸다.

'그리고 저 사람들은 다 뭐야? 언제부터 〈우스타〉 스태프들이 이렇게 많아졌어?'

대기실 소파에 앉아 있는 수십 명의 사람은 하나같이 〈우스타〉 스태프들이 착용하는 신분증을 달고 있었다.

하지만 무늬는 비슷해도 알맹이는 달랐다.

〈우스타〉 스태프들을 모조리 뒤져도 지금 방송용 캠코더를 든 채 영어로 대화를 나누는 금발머리의 중년 남녀 같은 카메라 감독은 없었다.

이들은 DBS의 최고위층에게 압력을 가해 잠입한 스파이들.

채나의 노래 실력과 스타성을 직접 확인하기 위해 미국 영국 등지에서 날아온, 메이저 음반제작사에서 파견 나온 PD들이었다.

여러 번의 미팅을 통해 꼭 필요한 관계자 외는 절대 대기실에 입장시키지 않는다는 〈우스타〉 제작진의 약속은 채나의 노래가 빌보드 차트 톱 텐에 진입하면서 말짱 공염불이 됐다.

"쉬이이이! 물렀거라! 화성에서 온 가수 김채나 씨 나가신다."

"쉬이이이! 물렀거라! 빌보드 차트의 여왕 김채나 씨 등장이시다."

연필신이 머리띠를 두르고 부채를 휘두르며 코믹하게 외쳤다.

덕분에 채나 일행이 간신히 인의 장막을 뚫고 대기실로 들어왔다.

그리고 채나의 공식행사가 시작됐다.

"배고프다, 필신아!"

대기실에 도착한 채나의 일성이었다.

"응! 금방 차려줄게. 경아야, 도시락 왔지?"

채나의 무서운 식성에 익숙해진 연필신이 구 코디를 불렀다.

"네! 꺼내올까요, 언니?"

"그래! 채나 배고프대."

"알겠습니다."

구 코디와 엄 스타가 숙달된 솜씨로 넓은 테이블 위에 도시락을 펼쳐 놨다.

〈황제 도시락〉 일인분에 만오천 원!

이름만큼이나 비싼 도시락이었다.

짜장면 하나에 서울시내 공식 가격이 이천 원일 때였으니까 얼마나 비싼 도시락인지 짐작이 될 것이다.

괜찮은 호텔의 뷔페값에 버금갔다. 그만큼 메뉴가 좋았다. 한우 갈비를 비롯해 참치 회, 모듬 초밥에 식혜까지……

이 도시락은 〈채나교〉의 광신도인 〈황제 도시락〉의 김 사장이 채나가 한우갈비를 좋아하는 것을 알고 한우갈비가 주메뉴인 이 도시락을 후원한 것이다.

앙모하는 교주님! 이 도시락을 드시고 부디 만수무강하소서.

라는 편지도 동봉됐다.

와구와구!

일단 채나는 이 황제 도시락 두 개를 먹고 1리터쯤 되는 식혜를 마시면 식사가 끝난다.

아울러 대한민국 최고가의 광고모델이 출연한 〈황제 도시락〉 간접광고도 끝나고!

이어서 채나가 공식행사와는 관계없는 몇 가지 잡무를 처리했다.

끄윽……

막 채나가 트림을 했을 때 락커 원일과 발라드 가수 남궁수덕이 대기실로 들어왔다. 물론 카메라들도 따라왔다.

바야흐로 채나가 있는 대기실은 사람보다 카메라가 더 많았다.

"콜라 CF 죽이던데? 김채나!"

"확실히 채나 씨는 마이크보다 총이 더 어울려여! 멋지든데여."

원일과 남궁수덕이 TV에 깔린 채나가 출연한 콜라 광고를 보고 축하 인사를 건넸다.

"헤헤헤! 고마워. 원숭이 오빠, 덕수 오빠!"

툭툭!

채나가 두 사람과 가볍게 주먹을 마주치는 것으로 답사를 대신했다.

"근데 채나 씨! 내 이름은 수덕이라니까 여. 자꾸 덕수 오빠 덕수 오빠 하다가 국민덕수 되겠어여?"

"덕수 아니었어? 시청자들은 다 남궁덕수로 알고 있던데! 난 국민 원숭이고."

"아하하하!"

남궁수덕과 원일이 채나가 부르는 자신들의 이름을 빗대어 농담을 하자 여기저기서 웃음이 터졌다.

"채나 씨! 이거 함 봐여."

남궁수덕이 사람 이름과 전화번호가 적힌 A4용지를 내밀었다.

"뭔데?"

"지난번 회식 때 말했잖아? 우스타에 출연한 가수들의 모임. 〈우수회〉회원 명단이야. 당신이 회장이니까 잘 보관하고 있어."

채나의 질문에 원일이 찬찬히 대답했다.

"헤! 생각보다 회원이 많네?"

채나가 명단을 살펴보며 말했다.

"점점 많아질 거예여. 당장 오늘부터 원일 선배랑 내가 나가면 새로운 가수 두 명이 또 올 테니까여."

남궁수덕이 미소를 띤 채 말했다.

"아! 맞다. 오빠들 오늘 명퇴하는구나?"

"…구나? 흑흑흑! 섭섭하다, 진짜 섭섭하다. 김채나!"

"정말 많이 섭섭하네여! 어떻게 회장이 부회장하고 총무가 나가는 날도 잊어버리고 있어여?"

원일과 남궁수덕이 눈에 쌍심지를 켜고 통탄을 했다.

원일과 남궁수덕은 〈우스타〉 2라운드 경연부터 출연하여 6라운드 첫째 주까지 장장 4개월의 레이스를 마치고 마침내 오늘 영광의 명예퇴진을 앞두고 있었다.

"뭐 그게 그렇게 중요한 날인가 라고 말하면 오빠들이 진짜 섭섭하겠지? 필신아! 그거 줘."

"웅! 여기."

연필신이 보라색 벨벳으로 포장된 조그마한 보석함 두 개를 채나에게 건네줬다.

채나가 함 속에서 오색 수실이 매달린 직경 오 센티쯤 되는 황금 메달을 꺼냈다.

"……!"

원일과 남궁수덕이 눈이 커졌다.

카메라들이 일제히 황금 메달을 클로즈업했다.

"스탠드 업 플리즈!"

채나가 특유의 손짓을 하며 유창한 영어로 일어나라고 하자 원일과 남궁수덕이 엉거주춤 몸을 일으켰다.

"험! 시작하자, 필신아!"

채나가 황금 메달을 든 채 원일과 남궁수덕 앞에 서서 말했다.

"지금부터 〈우수회 공로메달 수여식〉을 거행하겠습니다. 먼저 원일 씨 앞으로!"

연필신이 엄숙한 목소리로 말했다.

원일이 자신도 모르게 한발 앞으로 나갔다.

"공로메달! 우수회 부회장 가수 원일. 귀하께서는 〈우스타〉 경연에 출연하여 전 국민에게 감동을 주고 명예퇴진을 하기에 그 공로를 치하하는 뜻에서 이 메달을 드립니다. 우수회 회장 김채나!"

연필신이 A4용지를 든 채 낭독했다.

"명퇴 축하해. 원숭이 오빠!"

채나가 미소를 띤 채 금메달을 원일의 목에 걸어 줬다.

"큭큭! 고맙다, 김 회장! 한데 왜 주책없이 눈물이 나려고 하는지 모르겠다."

원일이 채나와 악수를 하며 울음기 섞인 음성으로 대답했다.

짝짝짝짝!

힘찬 박수 소리가 대기실을 울렸다.

모든 카메라가 얼굴을 붉히는 원일과 미소 짓는 채나를 잡았다.

채나와 원일, 한미래, 남궁수덕 등은 몇 개월 동안 〈우스타〉

에 함께 출연하면서 무척 가까워졌다. 특히 〈강남 참치횟집〉 사건이 있은 뒤에 더욱 친해졌다.

"다음은 남궁수덕씨 앞으로 나와 주세요. 히히!"

연필신이 이번에는 웃음 섞인 음성으로 말했다.

남궁수덕이 쑥스러운 듯 머리를 긁으며 나섰다.

"공로메달! 우수회 총무이사 가수 남궁수덕. 내용은 전문과 같습니다."

채나가 다시 황금 메달을 남궁수덕에게 걸어줬다.

"그동안 좋은 노래 잘 들었어. 늘 행복해. 덕수 오빠!"

남궁수덕과 채나가 굳게 악수를 했다.

"큭큭, 김 회장님은 사람을 감동시키는 데 뭐 있어여! 언젠 가 내가 김 회장님을 감동시킬 기회가 왔으면 좋겠어여."

남궁수덕이 대학교수답게 뜻깊은 답사를 했다.

짝짝짝! 와아아!

다시 박수와 환호가 대기실을 울렸다.

바로 이런 장면이었다.

채나가 명퇴를 앞둔 원일과 남궁수덕에게 메달을 걸어주는 모습!

뭐, 동료 가수들이고 그동안 정도 많이 들고 했으니까 누구 나 할 수 있는 일이었다.

한데, 어떤 동료 가수가 이렇게 할 수 있을까?

경연이 치열하게 전개되는 방송사의 대기실에서 십여 대의 카메라가 돌아가고 몇십 명의 관계자가 지켜보고 있는 장소에서…….

채나는 너무도 자연스럽게 실행했다.

또 많은 대중과 동료 가수들이 채나의 이런 모습을 좋아했다. 자신들도 꼭 하고 싶었지만 차마 용기가 없어서 못하는 일들을 채나는 한 점 망설임도 없이 해치웠다.

채나가 원일과 남궁수덕에게 메달을 수여하는 장면은 100% 무편집 상태로 전국에 방영될 것이다.

그럼 대중들은 채나를 의리파 교주라고 칭송할 것이고 비례하여 〈우스타〉 시청률도 올라간다.

이런 퍼포먼스가 있기에 채나가 있는 대기실에는 항상 카메라들이 진을 칠 수밖에 없었다.

대한민국의 대중들은 점점 더 채나 교주에게 깊이 빠져들고 있었다.

"이거 진짜 금 맞아? 혹시 도금한 거 아냐?"

원일이 코믹한 표정으로 황금 메달을 깨물면서 말했다.

"우씨! 내가 종로 금은방에 가서 직접 맞췄어. 24K 두 냥짜리야. 순금 두 냥! 꼭 외워둬."

채나가 손가락으로 원일의 가슴을 콕콕 찔렀다.

"크큭! 진짜 고생했겠어여. 김 회장님이 종로 금은방에 직접 갔다면 팬들이 벌 떼처럼 달려들었을 텐데여?"

"오빠들 금메달 만들러 갔다가 금 대신 내가 화로에 들어갈 뻔했어. 아직도 팔이 결려! 사인을 한 십만 장쯤 했나?"

"아하하하하!"

대기실에 모여 있던 모든 사람이 대소를 터뜨렸다.

"흐흐! 아무튼 눈물 난다. 짠순이 김 회장에게 금메달을 받을 줄은 상상도 못했어!"

"올림픽에서 금메달을 따면 이런 기분인가여! 김 회장님?"

원일과 남궁수덕이 감격한 표정으로 황금 메달을 만지작거리며 채나에게 고마움을 표했다.

"헤! 약간 무리했지만 괜찮아. 곧 오빠들도 나한테 금메달을 해줄 거 아냐? 나두 8라운드까지만 버티면 땡이거든!"

채나가 어깨를 으쓱하며 늠름하게 말했다.

"흐흐흐! 큭큭큭!"

원일과 남궁수덕이 마주 보며 의미심장하게 웃었다.

"김 회장! 넌 아마 명퇴하려면 내년쯤이나 돼야 할 거다."

"그것도 그때 가봐야 알져. 내 통박으론 그때 가면 또 규정이 바뀔 거예여. 두고 봐여! 가수들이 무슨 회사원인가? 명퇴를 강요하게. 앞으로 자율에 맡기도록 하자구. 뭐 이런 식으로……"

"우큭큭큭큭!"

다시 원일과 남궁수덕이 웃어댔다.

"뭐, 뭔 소리야! 그게?"

채나가 당황하며 자리에서 벌떡 일어났다. 원일과 남궁수덕의 웃음 속에서 24K 두 냥짜리 황금 메달이 허공으로 날아간 것 같은 불길한 예감을 느꼈던 것이다.

"명퇴 규정이 바뀌었습니다, 채나 씨!"

규정 좋아하는 소 PD가 큰 눈을 껌뻑이며 나섰다.

그리고 채나의 불길한 예감은 정확하게 맞아떨어졌다.

"……."

규정 싫어하는 채나의 눈매가 가늘어졌다. 기분이 나빠질 때 나오는 채나의 리액션이었다.

소 PD도 익히 이 표정을 알고 있었다.

"내일 오전 중에 각 가수 분과 매니저, 소속사 대표 및 대한 가수 협회 등에 공지가 갈 겁니다."

소 PD가 아주 조심스럽게 설명을 시작했다.

뚜두둑!

채나가 입을 꾹 다물며 손가락 관절을 꺾었다.

강동주 체육관의 오 코치와 최 트레이너를 병원에 입원시킬 때 나온 예비동작이었다.

물론, 소 PD도 소문을 들었다.

"실은 벌써 저희 제작진에서는 여러 문제가 있는 명퇴 규정을 손질하려고 했었습니다."

황소 PD가 병원 신세를 지지 않으려고 최대한 정중하게 말을 했다.

"하지만 공식적으로 정한 규칙을 함부로 바꿀 수도 없고 해서 기회를 보고 있었는데 이번 7라운드 경연에 출연하는 가수를 뽑는 2차 오디션에서 약간의 불협화음이 있었기에……."

"불협화음?"

황소 PD가 음악 프로의 PD답게 화음이 맞지 않는다는 음악 용어인 불협화음이란 말을 써서 난동이란 말을 대신했다.

채나의 눈이 다시 반짝였다. 불협화음이란 흥미 있는 말이 나왔기 때문이다. 특이하게도 채나는 소란, 난동, 전쟁, 싸움, 난리 이런 낱말을 좋아했다.

불협화음이란 말도 좀 약하긴 했어도 그런 류의 말이었다.

채나는 오랜 세월 동안 완벽하게 조련된 투사였다.

"이번에 〈우스타〉 출연 신청자가 한 백 명쯤 됐단다. 김 회장! 그래서 서류를 수십 번 검토해 간신히 2차 오디션 진출자 여섯 명을 뽑았는데……."

"여섯 명에서 세 명을 뽑으니까 모두 기대가 컸을 겁니다. 또 기대가 크면 실망도 크니까 떨어진 분들이 더 낙담해서 불협화음이 있었던 거고요."

성질 급한 원일이 답답한 듯 후다닥 설명을 하자 소 PD가 불안한 듯 찬찬히 보충 설명을 했다.

"하여튼, 하우영이 같은 놈 때문에 많은 뮤지션이 딴따라니 뭐니 하면서 욕먹는 거야! 새끼! 4등 한 게 지 실력 탓이지 심사위원들 탓이야? 왜 심사위원들한테 개꼬장을 벌여? 초옥이 계집애는 왜 울고불고 지랄이야? 언제는 〈우스타〉가 가수들을 다 죽이니 마니 난리를 떨더니 좀 잘나가니까 우루루……."

원일이 다혈질인 성품 그대로 단숨에 쏘았다.

"원 선배! 여긴 김 회장님 대기실이에여. 카메라가 사람보다 많아여?"

"괜찮아, 덕수 씨! 백 부장님이 알아서 다 편집해."

남궁수덕이 눈치를 보며 주의를 주자 원일이 씩씩대며 손을 저었다.

"……?"

채나가 뭐가 뭔지 모르겠다는 듯 눈을 껌뻑였다.

정말 난리가 아니었다.

〈우스타〉 경연에 출연해 단 두 곡만 부르고 떨어져도 바닥에서는 다 알아줬다.

1차 서류 심사를 통과하고 2차 오디션에 뽑혀 최종 경연까지 갔다는 그 한 가지 사실만으로도 가수로서 실력을 충분히 검증받았다고 인정해 정상급 뮤지션으로 대우를 해줬다.

아이러니하게도 〈우스타〉는 이제 대한민국 정상급 가수 공인기관으로 탈바꿈되고 있었다.

덕분에 이번 〈우스타〉 7라운드 경연에 출연할 가수 세 명을 뽑는다는 공지가 나가자 신인가수부터 중견 가수들까지 무려 아흔여덟 명이 신청을 했다.

새 가수를 한꺼번에 세 명이나 뽑게 된 것은 공교롭게도 탈락자 한 명에 명퇴자가 두 명이나 나왔기 때문이었다.

이번에는 1등이 아니라 3등만 해도 황금방석인 〈우스타〉 경연에 출연할 절호의 기회였으니 신청자들이 몰리는 것은 당연했다.

"그래서 명퇴 규정을 바꾼 거야? 소 PD! 사람들이 너무 몰려서?"

채나가 의아한 표정으로 물었다.

"예! 여러 이유가 있지만 그 부분이 가장 큰 이유입니다. 예선 본선을 그렇게 어렵게 통과하고 결선에 출연하셨는데 달랑 다섯 번 경연을 끝으로 나가시면 얼마나 섭섭하시겠어요?"

황소 PD가 가수들의 입맛에 딱 맞는 설명을 했다.

"소 PD 말도 일리가 있어. 김 회장님! 솔직히 나부터도 〈우스타〉가 천정부지로 뜨는 이 마당에 나가려니까 속이 쓰려여."

"흐흐……. 이하동문!"

남궁수덕과 원일이 쓰린 속을 토로하며 소 PD 의견에 동조했다.

"맞습니다. 사실 일 라운드도 버티지 못하고 떨어지는 분들이야 명퇴 규정하고는 아무 상관없습니다. 문제는 여기 계신 분들처럼 실력 있는 가수 분들이 피해를 입기 때문입니다. 뭔가 이상하잖습니까? 난 정말 열심히 노래한 죄밖에 없는데 규정을 들이대며 나가라니요?"

소 PD가 사전에 백 부장에게 교육받은 그대로 낱말을 골라가며 아주 신중하게 설명했다.

"화아! 우리 황소 PD가 이렇게 똑똑했나? 말을 넘 잘해!"

채나가 눈을 동그랗게 뜨고 소 PD를 쳐다보며 감탄을 했다.

"하하하하!"

다시 상쾌한 웃음이 대기실을 감쌌다.

소 PD는 잘 알고 있었다.

십여 대의 카메라가 현미경처럼 비추는 이 대기실에서 한마디라도 삐끗하면 지난번에 썼던 시말서 곱하기 백!

대한방송사 DBS와는 영영 이별이었다.

채나의 칭찬에 소 PD가 탄력을 받았다.

"전 요즘 우리 DBS에 입사한 보람을 느낍니다. 방송사 직원이 아니면 저 같은 월급쟁이가 어떻게 채나 씨 같은 대가(大家)의 노래를 바로 옆에서 들을 수 있겠습니까? 그래서 제가 제일 먼저 주장했습니다. 명퇴 규정을 바꾸자고!"

소 PD가 젊은 PD답게 솔직하게 털어놨다.

"쪼쪼쫌 과하다 황소 PD! 대가는 무슨?"

채나가 얼굴을 붉히며 주먹으로 소 PD를 툭툭 치며 말했다.

"대가시죠! 아니, 빌보드 차트 톱 텐에 세 곡씩이나 올려놓은 채나 씨가 가요의 대가 아니면 어떤 분이 대가입니까? 가왕 최영필 선생님도 감히 이루지 못한 가공할 업적입니다."

소 PD가 정색하며 말했다.

소 PD의 말은 정색하고 말을 할 만큼 너무도 정확했다.

채나만 모르고 있었다.

현재 대한민국 가요계의 일인자는 나이 불문 성별 불문 채나였다.

지금 채나가 가고 있는 길은 대한민국 뮤지션 중에서 어떤 사람도 가보지 못한 전인미답(前人未踏)의 길이었다.

이십대 초반의 나이로 빌보드 차트까지 휩쓸고 있는 채나가 경험이 더욱 쌓이고 노련미까지 붙는다면 어떤 일이 벌어질까?

덕분에 국내의 수많은 대중가요 평론가와 가요 전문가들은 채나에 대해서는 노 코멘트로 일관했다.

자신들은 구경조차 못했던 세계를 살아가는 채나에게 어떤 평을 한단 말인가?

이제 대중들이 채나에게 궁금해하는 것은 딱 두 가지였다.

정규 앨범은 몇 장이나 팔릴까?

돈은 또 얼마나 벌까?

"헤헤헤! 그건 미국에서… 운이 좋아서 그렇게 된 거지 뭐."

채나가 부끄러운 듯한 손을 까불까불 흔들었다.

"어쨌든 명퇴 규정은 정말 잘 바꿨네. 가수라면 누구나 이런 좋은 무대에서 오랫동안 노래를 부르고 싶을 거야. 진짜 살벌한 경쟁을 뚫고 출연했는데 노래 몇 곡하고 나가라면 열 받지!"

채나가 결론을 내렸다.

'후우우!'

소 PD가 한숨을 길게 쉬었다.

'본부장님 국장님 부장님 지금 보고 계십니까? 제가 간만에 밥값을 했습니다!'

소 PD가 슬쩍 스탠다드 카메라를 향해 자신의 얼굴을 들이댔다.

"씨이! 그럼 진작 바꾸지 왜 하필 오빠들 나갈 때 그래?"

채나가 투덜대자 원일과 남궁수덕이 쓴웃음을 지었다.

그들은 명퇴 규정이 채나 때문에 바뀌었다는 것을 누구보다도 잘 알았다. 자신들이 제작진이라 해도 그렇게 했을 것이다.

대한민국 어딜 가서 빌보드 차트 1위까지 점령한 가수를 데려와?

채나는 〈우스타〉, 아니, DBS에 절대적으로 필요한 붙박이 간판스타였다.

다른 가수들은 진짜 경연을 하기 위해 들어온 스타들이었고!

"그게 채나 씨! 일종의 모양입니다. 세 분이 한꺼번에 나가시고 들어오시니 왠지 시즌 2처럼 새롭잖습니까? 이참에 간단한 규정을 정비하는 것도 자연스럽고요."

소 PD가 눈부시게 퍼즐을 맞췄다.

"……?"

채나가 신기한 듯 소 PD를 물끄러미 쳐다봤다.

"왜, 왜 그렇게 저를?!"

"궁금해서 그래! 무슨 약을 먹으면 갑자기 황소 PD처럼 똑똑해지는지?"

"아하하하핫!"

다시 대기실이 웃음바다가 됐다.

"그럼 이제 몇 라운드를 버텨야 명퇴를 하는 거야?"

채나가 똑똑해진 소 PD에게 다시 물었다.

"5라운드에서 9라운드로 늘어났습니다."

채나에게 인정을 받아 기분이 좋은 듯 소 PD가 늠름하게 대답했다.

"9라운드? 그럼 난 몇 라운드까지 가야 돼?"

"흐흐흐! 보자? 김회장이 4라운드에 들어왔으니까……."

"12라운드까지 하시면 됩니다."

소 PD가 이미 계산해 놓은 듯 원일보다 빠르게 대답했다.

"오빠들 잠깐 기다려. 나 회장님 좀 뵙고 올게!"

덜컹!

채나가 회장님을 입에 담으며 벌떡 일어나자 소 PD 심장이 간단하게 떨어졌다.

"회, 회장님은 무슨 일로 뵙게요? 채나 씨!"

소 PD가 떨어진 심장을 간신히 추스르며 물었다.

"〈우스타〉를 12라운드까지 뛰면서 〈수음세〉도 고정 출연해야 하고! 이 정도면 김채나 DBS 예능본부 가수관리팀 경력사원으로 입사한 거잖아? 가서 인사드리고 와야지."

"와하하하하!"

소 PD부터 대기실에 있는 모든 사람이 뒤집어졌다.

이것이 대중들이 채나에게 열광하는 또 다른 매력이었다.

어딘지 모르게 엉뚱하면서도 맹하고 코믹한…….

대중들은 채나를 자신들이 보호해 주고 지켜줘야 하는 조금 부족한 스타로 생각했다.

샤프하고 지적이고 화려한 스타가 아닌!

그 어떤 매력보다 중독성이 강한 치명적인 매력이었다.

정말, 이때까지만 해도 채나가 〈우스타〉의 원래 규정인 5라운드조차 끝내지 못하고 중도하차 하리라고는 아무도 예상하지 못했다.

채나의 두 번째 잡무.

"언니, 언니, 언니!"

한미래가 대기실 문 앞에서 귀엽게 손을 흔들며 채나를 불렀다.

"벌써 리허설 시작해?"

"응! 내가 두 번째 거든."

한미래가 채나 손을 잡고 재빨리 대기실을 나섰다.

당연히 카메라가 뒤를 따랐다.

이번에는 스텐다드 카메라를 제외한 일곱 대의 카메라가 몽땅 쫓아갔다. 한미래라는 무시 못 할 스타 한 명이 더해졌기 때문이었다.

한미래는 〈강남 참치횟집 사건〉이 있었던 뒤부터 채나에게 껌처럼 달라붙었다. 〈우스타〉 녹화가 없는 평일에도 채나에게 수시로 전화를 해서 동대문시장이고 광명시장이고 채나와 함께 돌아다녔다.

그런 한미래가 너무 긴장된다면서 채나에게 〈우스타〉 리허설 때나 본 경연 때 옆에 있어주길 간절히 부탁했다.

채나는 흔쾌히 허락했고!

한미래가 리허설에서 국민요정으로 불리는 가수 박정현의 빅 히트곡인 〈P.S I LOVE YOU〉를 불렀다.

원곡을 많이 건드리지 않고 한미래의 특성에 맞게 편곡을 했는데, 특유의 흐느끼는 듯한 목소리가 섞이면서 아주 묘한 매력의 〈P.S I LOVE YOU〉가 됐다.

"어땠어? 채나 언니?"

한미래가 황급히 무대에서 내려오면서 채나에게 물었다.

"헤… 좋아! 원곡보다 더 예뻐."

"진짜?!"

"응!"

"아후! 고마워 언니."

한미래가 채나를 꼭 껴안았다.

카메라들이 놓치지 않고 촬영했다.

이 장면은 내일쯤 '여신! 한미래의 P.S I LOVE YOU 극찬', '외계인이 감탄한 한미래!', '가요계의 미래는 한미래 것인가?' 등등의 제목으로 연예계 뉴스를 장식할 것이다.

한미래의 보호자 역할을 끝으로 채나의 잡무처리는 모두 끝났다.

이제 채나의 본 행사가 시작됐다.

*　　　　*　　　　*

채나는 리허설을 시작하기 한 시간 전쯤 되면 대기실 문을 닫았다. 그리고 천천히 스트레칭을 시작하면서 정성을 다해 몸을 풀었다.

마무리로 삼십 분쯤 명상을 했고!

이때는 DBS CEO인 김태형 회장이 와도 채나를 만날 수 없었다.

사랑이 슬픈 것은 내가 당신을 그렇게 슬프도록 사랑을 했기 때문입니다. 사랑이 슬픈 것은 당산이 나를 그렇게 슬프도록 사랑을 했기 때문입니다. 사랑이 슬픈 것은 당신과 내가 그렇게 슬프도록 사랑을 했기 때문입니다.

채나의 독백이 이렇게 끝나고 노래가 시작됐다.
가수 오수미가 부른 〈슬픈 사랑〉이란 노래로써 전형적인 발라드곡으로 R&B 스타일의 노래였다.
채나가 좋아하지 않는 장르였지만 오늘은 관객들을 울리기로 작정했는지 평소에는 좀처럼 입지 않던 핑크빛 드레스까지 걸치고 무대에 올라가 노래를 시작했다.
달랑 바이올린 한 대와 함께!
연필신이 무대 아래에서 채나가 노래 부르는 것을 지켜봤다.

언젠가 꼭 올 거란 생각에 당신을 기다렸습니다. 늘 당신이 내 곁에 있다고 믿었죠.
당신도 늘 내가 당신 곁에 있다고 믿었었습니다.

뚝!

연필신의 눈에서 눈물이 떨어졌다.

"정말 채나… 노래 잘한다. 진짜 잘해! 난 한 번도 슬픈 사랑을 하지 않았는데 가슴이 저리도록 아파져 와."

하지만 당신은 떠났고 나는 그대 곁에 없었습니다.

그렇게 우리는 또 시간을 보냈죠. 시간이 얼마나 흘렀을까요?

당신이 내 곁에 있었습니다. 나도 당신 곁에 있었습니다.

"흑흑흑흑!"

채나의 노래가 이어질 때 방청석 여기저기서 흐느끼는 소리가 들렸다.

'저것 봐! 세상에? 관객들이 막 울어. 저렇게 나이 드신 분들이 눈물을 줄줄 흘려?'

연필신이 눈물을 훔치며 방청석을 쳐다봤다.

'히히! 오늘은 화생방 훈련인가? 채나가 저렇게 독한 최루탄을 뿌려대니… 오늘은 또 몇 명이나 쓰러져 나갈까?'

연필신의 쓴웃음을 지었다.

우리는 아무 말도 하지도 않았는데 아무 약속도 없었는데.

노오란 은행잎이 떨어지는 나무 밑에서 손을 잡은 채 걷고 있네요.

아주 잠시 후에 나는 그게 꿈이란 걸 알았습니다.

당신도 알고 있는 것 같았습니다 아아아아……

채나의 〈슬픈 사랑〉이 계속될 때 무대 아래서는 군청색 〈우스타〉 티셔츠를 입은 수십 명의 청년이 흡사 스타팅 블록을 밟고 서 있는 육상선수처럼 초긴장 상태로 대기하고 있었다.

〈우스타〉 책임 PD인 백 부장은 자신도 모르게 흐르는 눈물을 훔쳤고 한미래는 공개홀 한구석에서 얼굴을 가린 채 울고 있었다.

채나가 〈슬픈 사랑〉 일 절을 막 끝냈을 때!

아무도 정말 아무도 상상하지 못했던 채나의 식후 행사가 시작됐다.

"연필신 씨?"

뒤에서 음성이 들렸다.

'누구지? 지금 이 순간에 여기서 나를 부를 사람이 있나?'

연필신이 의아한 표정으로 고개를 돌렸다.

"반갑습니다! 말씀 많이 들었습니다. 장한국입니다."

"아… 네네네!"

연필신은 전혀 모르는 사람이었지만 너무 잘생긴 남자여서 자신도 모르게 대답을 했다. 목소리까지 멋있는 남자였다.

'누굴까?'

궁금증을 일 초도 못 참는 개그우먼답게 머리를 빠르게 굴렸다.

'내가 이렇게 잘생긴 탤런트나 배우를 아는 사람이 있었나? 아닌데!

그렇다고 무슨 행사 관계자는 아닌 것 같고?'

그때 사내가 다시 환하게 미소를 띠며 가볍게 목례를 했다.

'아후! 누구야? 왜 생각이 나지 않지? 이 멍청이 연필신아! 그, 근데 이 남자 너무 잘생겼다⋯⋯. 남자가 이렇게 잘생겨도 되나? 거의 내 이상형이야!'

연필신이 머리칼을 쥐어뜯으며 고민했다.

"역시 울보에게 듣던 대로 키가 크시네요. 주근깨는 그리 많은 것 같지 않구. 후후후!"

잘생긴 사내가 다시 말을 붙였다.

이번에는 결정적인 힌트를 줬다.

"윽!"

울보라는 말이 고대 나온 여자 연필신의 머리를 세게 때렸다.

"장한국 씨라고 하셨죠?"

연필신이 번개처럼 확인을 했다.

"하하 네! 미국에서는 케인으로 통합니다."

"케인 박사님? 장한국, 장 박사님? 내 친구 채나 오빠⋯ 약혼자 되시는 분?!"

연필신이 도저히 믿어지지 않아 재차 확인을 했다.

"죄송합니다. 필신 씨! 벌써 찾아 뵀어야 했는데⋯⋯."

"후우! 아이⋯⋯. 무슨 말씀이세요? 박사님을 이렇게 뵙는 것만도 영광인데! 진짜 진짜 반가워요 박사님!"

연필신은 그제야 이 잘생긴 사내가 채나의 애인, 초등학교 교과서에 실려 있는 노벨 화학상 수상에 빛나는 그 유명한 닥터 케인 장한국 박사라는 것을 눈치챘다.

그리고 교과서에 실린 장한국 박사의 초상화가 실물보다 열 살쯤 위로 그려 놓았다는 사실을 알았다.

너무 잘생겨서일까?

연필신이 팔자에도 없는 애교를 다 떨었다.

"내일 밤에 오신다고 하던데?"

"마침 한국에 오는 개인 비행기가 있어서 얻어 타고 왔습니다."

연필신이 최대한 예쁘게 물어봤고 케인이 스스럼없이 대답했다.

'개인 비행기? 어감이 좀 이상하네. 개인택시는 많이 들어봤는데 개인 비행기라구? 아! 자가용 비행기!'

장 박사님은 자가용 비행기를 이렇게 표현했다. 개인 비행기라구!

노벨상을 수상하신 분이라더니 이분도 만만찮구나. 자가용 비행기를 타고 한국에 왔다니?

번쩍! 이때 연필신의 뇌리 위로 제법 멋진 아이디어가 유성처럼 스치고 지나갔다.

"저어⋯⋯. 장 박사님! 우리 PD님 좀 만나 주실래요? 채나 때문인데."

"하하! 그러시죠."

이 순간 나는 사랑하는 친구 채나에게 선물을 하나 해주고 싶었다.

아주 작은 이벤트를 통해서.

'와후! 난 역시 고품격 개그우먼 고대 나온 여자야.'

연필신이 주먹을 불끈 쥐며 환호했다.

고대 나온 여자 연필신이 기획한 아주 작은 이벤트!

이 아주 작은 이벤트의 결과는 삼대 메이저 방송사가 스파트 뉴스를 때리고 오대 중앙 일간지가 사설을 쓸 정도였다.

내가 백 부장님에게 장 박사님을 소개했다.

백 부장님은 코가 땅에 닿을 만큼 허리를 굽혀 인사를 했다.

두 분께 이벤트 아이디어를 밝혔다.

"아아아악!"

백 부장님은 이렇게 외마디 비명을 질렀고,

"하하하!"

장 박사님은 환하게 웃으면서 흔쾌히 승낙했다.

잠시 후, 〈슬픈사랑〉이 막 끝나려 할 때 장 박사님은 내가 늘 채나를 맞이하던 그 자리에 서 있었다.

나는 저 자리에서 노래를 끝내고 무대를 내려오는 채나에게 하이파이브를 해주고 꼭 안아줬다.

노벨상 수상자 장한국 박사님은 어떻게 하실까?

채나가 관객들에게 예쁘게 인사를 했다.

"김채나! 김채나! 김채나!"

관객들이 눈물을 연신 훔치며 발을 구르며 연호를 했다.

채나가 관객들에게 손을 흔들며 특유의 건달 걸음으로 무대를 내려왔다.

"헤헤! 나 잘했지, 필신아?"

짝!

채나가 장 박사님의 얼굴조차 보지 않고 당연히 필신이라는 예상을 하며 하이파이브를 했다.

그리고?

채나의 눈이 장 박사님의 잘생긴 얼굴을 쳐다봤다.

"후후후! 그래. 우리 울보 정말 잘했어."

채나의 눈이 축구공만큼 커졌다.

"……!"

지구가 정지된 듯 채나의 눈이 삼 초쯤 멈춰 있었다.

이윽고 채나의 눈에 눈물이 고였다.

오 초쯤 뒤에 채나의 눈에서 눈물이 쏟아졌다.

"와아아아아앙—"

십 초쯤 뒤에 채나가 엄청난 울음을 터뜨리며 장 박사님께 안겼다.

허거덕? 세상에! 세상에!

난 태어나서 저렇게 큰 울음소리와 저렇게 큰 눈물이 있는지 오늘 처음 알았다.

채나는 두 번씩 이 대공개 홀을 떠나가게 만들었다.

한번은 노래로! 한번은 울음으로!

채나의 울음은 공개홀에서 대기실에 들어올 때까지도 그치지 않았다. 〈슬픈 사랑〉을 불러서 그런지 계속해서 울었다.

장 박사님은 말없이 채나를 꼭 안고 있었고…….

철컹! 갑자기 대기실 문이 닫혔다.

피 팀장이 대기실 문 앞을 막아섰다.

한 손에는 새파랗게 빛나는 칼을 쥐고 있었다.

그때부터 채나 대기실 반경 10미터 내에는 개미 새끼 하나 얼씬거리지 않았다.

〈우스타〉 사회자인 서양해가 마이크를 들고 무대 위로 올라갔다.

사람 좋은 미소를 흘리며 공개홀 출입구 계단까지 꽉 메운 관객들을 향해 멘트를 시작했다

"관객 평가단 여러분! 수고 많이 하셨습니다. 어떻게 좋은 가수 분을 찍어주시고 오셨나요?

"네! 우리는 화성에서 날아온 외계인들이에요!"

"왜 여기서는 영양탕을 안 주져? 우리 교주님 출출하실 텐데……."

"하하핫 깔깔깔!"

채나의 광팬들이 이미 DBS 공개홀까지 점령하고 있었다.

"아하하! 말씀을 들으니 오늘 6라운드 셋째 주 경연도 어떤 분이 일등을 할지 살짝 짐작이 됩니다."

백 부장이 모자를 빙글빙글 돌리며 좀 더 빨리 멘트를 하라는 신호를 보냈다.

하지만 서양해는 지금 같은 이벤트를 하면서 서두를 이유가 전혀 없다고 생각했다.

"아까, 오늘 여러분께 가장 감동을 드린 가수 한 분을 선정해서 투표함에 넣어주시고 다시 자리로 돌아와 주십사 하는 약간 귀찮은 부탁을 드렸습니다."

서양해가 백 부장의 사인과는 반대로 또박또박 여유 있게 말을 했다.

"그 이유는 그동안 열심히 협조해 주신 관객 평가단을 위해 우리 〈우스타〉 제작진에서 준비한 깜짝 이벤트가 있었기 때문입니다."

와아아아! 짝짝짝!

이어지는 서양해의 멘트에 관객들이 엄청난 환호와 뜨거운 박수로 화답을 했다.

"또한… 여러분이 이분들의 공연을 보시고 혹시 가수 선정에 있어 공정성을 잃지는 않을까 하는 노파심 때문이기도 했습니다."

서양해가 오늘따라 버벅대지도 않고 아주 매끄럽게 멘트를 했다.

"음! 여러분 알고 계신가요? 지난 1월부터 이번 주까지 미국 빌보드 메인 싱글차트에 16주 동안 연속 일 위에 랭크된 노래가 있습니다. 혹시 이 노래 알고 계신 분?"

〈우스타〉를 시작한 이래 서양해가 가장 품위 있는 멘트를 날렸다.

"네에! 우리 교주님이 부르신 〈히어로〉입니다!"

"땡! 틀리셨습니다. 그 히어로는 지난 3월에 톱 텐에 올라 지금까지 3위부터 8위까지 오르락내리락하고 있습니다."

채나의 광팬들이 〈히어로〉를 거론하자 서양해가 정정해 줬다.

"DEAR MY FRIEND! 제가 말씀드린 노래는 바로 디어 마이 프랜드. 뭐 번역하면 존경하는 친구, 사랑하는 친구 정도겠지요. 바로 이 노래입니다!"

"와아아아아―"

서양해의 설명에 채나의 광팬들이 대 공개홀이 떠나가라 환호성을 질렀다.

지금 이 자리에 와 있는 채나의 광팬들은 이미 〈디어 마이 프랜드〉가 채나가 케인이라는 가수와 듀엣으로 부른 노래라는 것을 잘 알고 있었다.

"미국에서 케인과 채나란 가수 두 분이 불러 메가 히트를 치고 있는 노랩니다. 정말 오늘 공개홀에 오신 관객 평가단과 DBS의 관계자들 그리고 저는 엄청난 행운아들입니다."

서양해가 성질 급한 백 부장의 사인을 무시한 채 자기식대로 진행을 했다.

"글쎄? 저는 전생에 나라를 구한 적도 없는데 이런 행운을 누리다니 참……. 아마 이 두 분이 방송에 나와서 나란히 노래를 부르는 것은 세계 최초가 분명할 겁니다."

서양해가 한참 지난 유행어를 날리며 케인과 채나를 소개했다.

"자아! 막 미국에서 도착하신 닥터 케인과 미쓰 채나를 모시겠습니다!"

뺌뺌뺌! 뺌뺌뺌!

경쾌한 팡파레 소리와 함께 케인과 채나가 손을 꼭 잡은 채 무대로 걸어 나왔다.

"와아아아아!"

엄청난 환호성이 또다시 대공개홀을 뒤흔들었다.

"그리고 여러분! 혹시 기억하십니까? 동양인 최초로 노벨화학상을 수상한 장한국 박사님과 세계적인 사격선수 출신의 김채나라는 가수를?"

"와하하하하!"

서양해의 생뚱맞은 질문에 관객들이 어이가 없다는 듯 너털웃음으로 대답했다.

"바로 지금 이 무대 위에 서 계신 두 분이! 이분들이! 장한국 박사님과 김채나 씨입니다. 또한 그 유명한 노래 〈디어 마이 프랜드〉를 부른 주인공들입니다. 여러분!"

"와아아아아아아아아—"

환호성이 무려 십 분 동안이나 계속됐다.

관객 중 반쯤은 〈디어 마이 프랜드〉라는 노래를 몰랐다.

관객 중 반쯤은 닥터 케인이 장한국 박사라는 사실을 몰랐다. 하지만 이곳에 모인 모든 사람은 국민박사 장한국과 외계인 가수 김채나는 너무도 잘 알았다.

"케인 앤드 채나가 불러줍니다. 부르실 곡목은 〈디어 마이 프랜드〉! 오리지널 라이브로 듣겠습니다."

크아아아악! 삑삑삑!

서양해의 멘트가 채 끝나기도 전에 공개홀은 완전히 광란의 도가니로 바뀌었다.

……

케인이 기타를 잡자 태고의 정적이 찾아왔다.

닥터 케인 장한국 박사가 기타를, 채나가 피아노를 쳤다.

〈디어 마이 프랜드〉가 끝난 뒤 관객들의 폭동에 준하는 요청으로 두 사람은 〈히어로〉와 〈거꾸로 흐르는 강물을 따라〉를 앙코르 곡으로 불렀다.

그렇게 〈우스타〉 6라운드는 찬란하게 끝났다.

연필신이 채나를 위해 기획했던 작은 이벤트는 대한민국을 발칵 뒤집어 놓은 거국적인 행사로 변했다.

매스컴에서 그렇게 만들었다.

이날 대한방송사 DBS에서는 부랴부랴 〈우스타〉의 편성시간을 변경하여 녹화 다음 날인 토요일 오후 7시에 전국에 방영했다.

〈우스타〉 녹화가 진행되는 그 시간에 각 방송사에서는 스파트 뉴스로 장한국 박사의 귀국과 채나와의 공연을 보도했기 때문이다.

아주 자세히 그것도 오랜 시간 동안…….

덕분에 〈우스타〉 6라운드 셋째 주 경연 성적.

김채나 1등, 원일 2등, 한미래 3등, 남궁수덕 4등, 박진호가 5등을 하고 천인태가 연속 꼴찌를 해 탈락했고 원일과 남궁수덕이 영예로운 명퇴를 했다.

하지만 이 소식은 당사자들을 제외한 누구도 관심이 없었다. 장한국 박사의 귀국과 채나와의 공연만이 연일 화제였다.

심지어, 중앙일간지에서는 사설로써 이 기사를 다뤘다.

[DEAR MY FRIEND 장한국 박사께]

정말 이해가 가지 않습니다. 왜 노벨상에는 노래 부문이 없을까요? 만약 있었다면 분명히 장한국 박사님께서 화학상에 이어 2관왕이 되셨을 텐데! 진정 안타깝습니다.

솔직히 나는 지금까지 한국인으로 태어난 것을 자랑스럽게 생각한 적이 별로 없었습니다. 하지만 두 분의 공연을 보고…(중략)…….

케인 앤드 채나!

당신들의 앞날에 영원한 축복이 있길 진심으로 기원합니다.

[감히 장한국 박사님과 가수 김채나 씨께 유감을 표합니다]

어떤 말로 표현해야 두 분께 고맙다는 인사를 대신할 수 있을까요? 두 분이 무대에서 고국의 팬들을 위해 노래를 불러주시는 모습을 보고 나도 모르게 눈물이 났습니다. 감히 장한국 박사님과 김채나 씨의 팬으로서 청하건대… 두 분께서 무대에 오르실 때는 일개 TV 방송의 공개홀이 아니라 좀 더 큰 무대 아주 광활한 무대! 대한민국 모든 국민이 볼 수 있는 그런 무대에 올라가 주시기 바랍니다. 두 분은 우리 국민의 자존심이기 때문입니다. …(하략)…….

국내에서 최고의 발행부수를 자랑한다는 조선신문과 대한일보의 사설이었다.

정작 이 요란한 사설과 뉴스들을 장본인인 케인이나 채나는 보지 못했다.

케인은 채나와 함께 노래를 부른 다음 날 새벽, 유럽으로 날아갔고 채나는 열심히 우느라 정신이 없었기 때문이었다.

『그레이트 원』 3권에 계속…

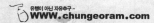

FANTASTIC ORIENTAL HEROES

용훈 新무협 판타지 소설

무림공적, 천살마군 염세악!
검신 한호에게 잡혀 화산에 갇힌 지 백 년.

와신상담… 절치부심… 복수무한…

세월은 이 모든 것을 잊게 하고
세상마저 그를 잊게 만들었다.
하지만.

"허면 어르신 함자가 어찌 되시는지……"
우연한 만남, 자신도 모르게 튀어나온 원수의 이름.
"그게… 한, 한호일세."

허무함의 끝에서 예기치 않게 꼬인 행로.
화산파 안[in]의 절세마인, 염세악의 선택!

Book Publishing CHUNGEORAM

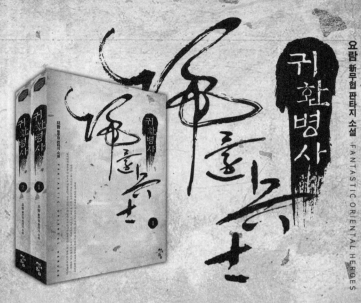

요람 新무협 판타지 소설
FANTASTIC ORIENTAL HEROES

국내 최대 장르문학 사이트를 휩쓴 화제작!
여름의 더위를 깨뜨리며 차가운 북방에서 그가 온다.

『귀환병사』

열다섯 나이에 북방으로 끌려갔던 사내, 진무린
십오 년의 징집을 마치고 돌아오다.

하지만 그를 기다린 것은 고아가 된 두 여동생, 어머니의 편지였다.
그리고 주어진 기연, 삼룬공……

"잃어버린 행복을 내 손으로 되찾겠다!"

진무린의 손에 들린 창이 다시금 활개친다.
그의 삶은 뜨거운 투쟁이다!

Book Publishing CHUNGEORAM

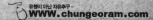
유행이 아닌 자유추구 -
WWW. chungeoram.com

FUSION FANTASTIC STORY

월문선 장편 소설

화려한 귀환

머나먼 이계의 끝에서
다시 돌아온 남자의 귀환기!

『화려한 귀환』

장점이라고는 없던 열등생으로 태어나,
학교에서 당하는 괴롭힘을 버티지 못하고
자살이라는 극단적인 선택을 하게 된 남자, 현성.

"돌아왔다……. 원래의 세계로!"

이계에서 죽음을 맞이하게 된 현성은
자신을 죽음으로 내몰았던 현실 세계로 돌아오게 된다!

고된 아픔들, 그리웠던 기억들.
모든 것을 되살리며 이제 다시 태어나리라!

좌절을 딛고 일어나 다시 돌아온
한 남자의 화려한 이야기!
이보다 더 '화려한 귀환'은 없다!

Book Publishing CHUNGEORAM

유행이 아닌 자유추구 -
WWW.chungeoram.com

FUSION FANTASTIC STORY
건(建) 장편 소설
컨트롤러
Controller
세상에게 당한 슬픔,
약자를 위해 정의가 되리라!
『컨트롤러』
부모님의 억울한 죽음.
더러운 세상에 희롱당해
무참히 희생당한 고통에 분노한다!
"독하게… 살아가리라!"
우연한 기회를 통해 받은 다른 차원의 힘.
억울함에 사무친 현성의 새로운 무기가 된다.
냉정한 이 세상을 한탄하며,
힘조차 없는 약자를 대변하고자
내가 새로운 정의로 나서겠다!
Book Publishing CHUNGEORAM
유행이 아닌 자유추구 -
WWW.chungeoram.com

FANTASY FRONTIER SPIRIT
이휘 판타지 장편 소설
IAN REYONR
이안 레이너
끊어진 가문의 전성기.
무너진 영광을 다시 일으킨다!
『이안 레이너』
백인대장으로 발령받은 기사, 이안
부하의 배신으로 인해
낯선 땅에 침범하게 된다.
"살고 싶다… 반드시 산다!"
몬스터들이 우글거리는 척박한 환경에서
새로운 힘을 접하게 된다.
명맥이 끊겼던 가문의 영광!
다시 한 번 그 힘을 이어받아,
과거의 명예를 되찾으리라!
Book Publishing CHUNGEORAM
유행이 아닌 자유추구 -
www.chungeoram.com